KB040380

고양이와 사막의 자매들

고양이와 사막의 자매들

ⓒ 예소연, 2023, Printed in Seoul, Korea

초판 1쇄 펴낸날   2023년 6월 6일
초판 2쇄 펴낸날   2023년 11월 8일

지은이	예소연
펴낸이	한성봉
편집	김학제·신소윤·권지연
콘텐츠제작	안상준
디자인	권선우·최세정
마케팅	박신용·오주형·박민지·이예지
경영지원	국지연·송인경
펴낸곳	허블
등록	2017년 4월 24일 제2017-000050호
주소	서울시 중구 퇴계로30길 15-8 [필동1가 26] 2층
페이스북	www.facebook.com/dongasiabooks
트위터	twitter.com/in_hubble
인스타그램	www.instagram.com/dongasiabook
블로그	blog.naver.com/dongasiabook
홈페이지	hubble.page
전자우편	dongasiabook@naver.com
전화	02) 757-9724, 5
팩스	02) 757-9726

ISBN   979-11-90090-96-4 03810

만든 사람들

책임편집	권지연
크로스교열	안상준
디자인	권선우
일러스트	권선우
본문조판	최세정

고양이와
사막의 자매들

예소연 장편소설

차례

제 1 장
워커들

워커들

보호받고 있다는 느낌이 들면 도망쳐야 한다. 그들은 정의 말을 절대로 잊지 않았다. 공식적으로 전쟁이 끝난 몇 년 전부터는 워커들만이 사막에 남겨졌다. 그들은 끔찍한 적막을 가르며 생존하기 위해 하루하루 버텨냈다. 하지만 여전히 이명처럼 들려오는 포탄과 비명, 기계음과 무전 소리에 괴로워했다. 휴전 협정은 3년 전부터 시작되었다. 각 나라에 소속된 군대는 전부 철수했고 팔려 온 군인들만 남았다. 처음 그들을 분쟁 지역으로 데려온 정은 남은 식량과 전투복 따위를 건네주며 정말 완전한 작별을 할 것처럼 말했다. 결국, 정도 사막에 남겨졌지만.

창이 저 먼 곳을 바라보며 말했다. 뭔가 있어. 네발짐승 같은 것. 그러자 아샤가 단호하게 말했다. 이곳에 동물은 없어. 멸종한 지 오래니까. 말리가 조용히 고개를 끄덕였다. 40년간 전쟁을 거듭해서 치르며 그들은 빠르게 지쳐갔다. 그들의 삶은 속절없이 사막에 고여 있었지만, 시간은 매정하게 흘러갈 뿐이었고 모든 생명은 서서히 사그라졌다.

창은 하루에도 몇 번씩 발목을 삐었다. 오랜 행군으로 얻은 지병이었다. 아샤는 부어오른 창의 발목을 살펴보다가 복사뼈 밑을 부드럽게 마사지했다. 이미 늘어날 대로 늘어난 인대는 너무 쉽게 안쪽으로 휘었다. 아샤와 창, 말리는 신속하게 달아나는 걸 생존 방식의 최선책으로 삼았다. 사막은 대부분 불모지였다. 그 말은, 어디든 새로운 터전이라는 것이었다. 수십 차례의 게릴라 전투를 반복하는 동안 셋은 늙어갔다. 그들이 걸어온 삶의 배경에는 수십만 구의 시체들이 켜켜이 쌓여 있었다. 팔다리가 제멋대로 꺾이거나 피가 낭자한 시체를 봐도 이제 아무렇지 않았다. 아무렇지 않아야 했으니까. 그러니까, 그들에게 늙어간다는 건 수많은 죽음을 뒤로한 채 치열하게 장면 장면을 흘려보내는 일이었다.

창은 손에 쥔 나무 지팡이를 가만히 바라보다가 던져버렸다. 바람 한 줌 불지 않는 모래 언덕 사이에서 그들

고양이와 사막의 자매들

은 한참을 헐떡거리며 숨소리를 나누었다. 인대는 오래 전에 파열됐을 거야. 창이 발등을 앞으로 쭉 뻗어내며 중얼거렸다. 말리는 천천히 일어나 걸음을 옮겼다. 마른 나뭇가지를 주워 불 피울 준비를 했다.

말리는 걸음이 느렸지만, 다리가 길어서 금방 멀리까지 걸어갈 수 있었다. 그렇게 걸어가는 모습을 넋 놓고 보고 있으면 어느새 말리의 형상이 하나의 소실점이 되어 영영 사라질 것만 같았다. 해가 지기 전엔 돌아와. 창이 말리에게 외쳤다. 큰 키에 말총머리를 한 말리는 셋 중 유일하게 머리가 세지 않았다. 하지만 얇은 코와 처진 입매, 가파른 눈썹 모양은 말리가 오롯이 축적된 경험만을 통해서 미래를 재단하려 드는, 고집스러운 노인임을 보여주었다.

불을 피우고 큰 불이 일어나기까지 부채질을 했다. 먼저 자리를 잡고 불을 피우는 일은 아샤의 몫이었다. 창은 발목을 주물렀고 말리는 멀리까지 걸어갔다. 그렇게 걸어갔다 오면서도 가져오는 거 마른 나뭇가지 몇 개뿐이었다. 말리는 정을 찾고 싶지 않은 거야. 창이 속삭였다. 아샤는 엉성하게 쌓인 나뭇가지의 빈틈에 바람을 불어 넣으며 어깨를 으쓱해 보였다. 손이 시려 목 언저리에 손을 갖다 댔다가 가슴 아래쪽에 집어넣었다.

며칠 전, 버려진 물건을 찾기 위해 반쯤 무너진 빌라에 들어갔을 때, 긴 수염을 가진 남자는 아샤를 훑어보더니 실소했다. 할머니 주제에 젖 냄새가 난다며 아샤의 민머리에 손을 얹었다. 아샤는 긴 수염을 가진 남자를 올려다보며 손목을 잡아 꺾었다. 남자의 왼손에 들린 칼이 아샤의 목 근처로 다가오는 순간 말리는 야구 배트로 남자의 머리를 내려찍었다. 그년들이야. 누군가 소리쳤다. 창은 서둘러 바닥에 나동그라진 이 빠진 포크 하나를 주워 가방에 넣었다. 배트를 들고 있던 손을 쥐었다 펴며 말리가 외쳤다. 도망가자.

아샤와 창, 말리는 보병과의 소총수였다. 그들은 늘 최전방에 배치되었고 살아남기 위해 필사적으로 적을 사살했다. 최전방에 배치되는 병력은 총알받이나 다름없었고 특히 그들은 여자라는 이유로 워커 중에서도 가장 몸값이 저렴했다. 아샤와 창, 말리는 제각기 다른 나라에서 왔지만, 한날에 징집되어 군용 트럭에 짐짝처럼 실렸다. 그때 그들을 실어 왔던 군인이 정이었다. 실질적으로 아샤와 창, 말리가 살아남을 수 있었던 데는 아샤의 공력이 가장 컸다. 아샤는 어릴 때부터 총을 능숙하게 다룰 줄 알았다. 아버지의 영향이기도 했지만… 아샤는 또 미쉬를 떠올리고 말았다.

고양이와 사막의 자매들

말리는 나뭇가지 몇 개를 들고 돌아왔다. 희미하게 담배 냄새가 났다. 걷다 보면 종종 모래에 파묻힌 꽁초를 줍기도 했다. 오늘 말리는 작은 행운을 얻은 것이다. 코를 킁킁거리던 창은 자신의 두툼한 발목을 이리저리 돌려보더니 먼저 말을 꺼냈다.

"정이 우리를 데려왔을 때. 제일 처음에 했던 말 기억나?"

"징징거리지 말라고."

아샤는 유난히 가늘고 얇았던 정의 목소리를 따라 했다. 정이 가지고 있던 동양인 특유의 발음을 따라 하며 입술을 한껏 오므렸다. 창이 웃음을 터트리더니 문득 생각난 듯, 하지만 오래전부터 해온 이야기를 두서없이 시작했다.

"트럭에서 엄청나게 떨고 있었잖아. 아샤. 너도 봤지? 그때는 내가 언젠가 돌아갈 수 있을 줄 알았는데. 절대로 이렇게 죽어서는 안 된다고 생각해서, 그래서 몸을 최대한 둥글게 말고 체온을 유지하려고 노력했어. 통장에 매달 얼마만큼의 돈이 들어오고, 그게 1년 지나고 10년 지나면 얼마나 되는지 구체적인 액수를 헤아렸더니… 내가 이곳에 평생 있어야만 우리 가족이 그럭저럭 살 수 있다는 걸 알게 된 거야. 적어도 따뜻한 수프와 국수 같은 걸 먹고 산다면 말이야."

말리가 웃으며 물었다.

"계좌번호는 기억나?"

창은 외투 안쪽 주머니에서 빛바랜 플라스틱 IC카드를 꺼냈다. 희미하게나마 숫자 몇 개가 적혀 있었다. 그리고 단호하게 말했다.

"난 우리 가족에 대해서는 잊어버리지 않아."

"그러시겠지."

"시비 걸지 마. 어쨌든 난 너무 어렸으니까. 고작 이만큼의 돈을 받고 팔려 왔다는 게 억울한 거 있지. 그래서 크게 울음을 터트렸는데 죄다 같이 우는 거야. 그러니까 정이 트럭을 세우고 천막을 휙 젖혔어."

"징징거리지 말라고."

이번엔 말리가 입을 비쭉거리며 정을 따라 했다. 아샤는 참지 못하고 웃음을 터트렸고 창이 살짝 미간을 찌푸리며 목을 가다듬었다. 말은 그렇게 했지만, 정은 다감한 사람이었다. 종종 생수, 비누와 같은 구호 물품을 슬쩍한 뒤 몰래 나눠주곤 했다. 꼭 살아남아. 그렇게 말해준 것도 정이었다. 하지만 아샤의 마음 한편에는 정에 대한 불신이 자리 잡고 있었다. 그저 그들을 이곳에 데려온 것이 두고두고 죄스러운 사람일 수도 있으니까. 하지만 창과

고양이와 사막의 자매들

말리는 정이 정말로 선한 사람일 뿐이라고 굳게 믿는 것
같았다.

●●《《《

　아샤가 살던 곳은 하늘과 산맥이 맞닿은 채로 끝없이
이어지는 곳이었다. 그곳에는 호수가 꿈처럼 자리 잡고
있었다. 아샤의 아버지가 말하길, 원래 아샤의 조상은 유
목 민족이었다. 선조들은 작은 별과 날벌레까지 투명하
게 비치는 밤의 호수를 보고 그 아름다움에 매료되어 이
마을에 정착했다. 둥글고 완만한 산들이 모여 작은 호수
를 둘러싸고 있었다. 아버지는 산이 호수를 굽어본다고
표현했다. 아샤는 수억 년 전 화산이 폭발하면서 형성되
었다는 그 작은 호숫가에서 물을 길어 마시고 몸을 씻으
며 어린 시절을 보냈다.

　같은 시기에 태어나 유년 시절을 함께한 미쉬는 군인
이 되고 싶어 했다. 언젠가부터 마을에 나타난 백인이 껌
과 캔디를 자주 나눠주며 견착과 조준에 대한 디테일을
설명해 주었기 때문이다. 목표물을 명중하기 위해서는
숨을 멈춰야 해. 그 순간만큼은 네가 무생물이라고 생각
해. 미쉬는 찌그러진 캔 따위를 똑바로 바라보며 숨을 멈

추는 그 시간을 좋아했다. 아샤. 숨을 멈춘 채 한곳에 집중하면 온 세상이 고요해져.

백인 남자는 서바이벌에 필요한 이런저런 전략들을 공유해 주기도 했다. 비가 많이 오는 날에는 돌과 나뭇가지를 쌓아 정수 장치를 만들어 선보였다. 미쉬는 맑게 고인 물을 손으로 떠 마시며 남자를 쳐다보았는데, 아샤는 그 눈빛을 통해 처음으로 존경이라는 단어의 의미를 이해했다. 그렇게 한 사람의 꿈은 다른 사람에게로 쉽게 전염되곤 했다.

그 백인 남자의 영향으로 종종 아샤와 미쉬는 전쟁놀이를 했다. 나뭇가지로 만든 총과 총알을 대신할 작은 열매를 가지고 다니며 커다란 바위 아래 납작 엎드려 교신했다. 아샤는 무전을 주고받는 척하며 은근히 미쉬의 의중을 떠보았다. 사령관이 네 충성을 의심하면 어떡하지? 게릴라 전투 시 펼칠 수 있는 전술을 알고 있어? 아샤는 마을에서 유일한 친구인 미쉬가 떠나는 걸 바라지 않았다. 미쉬는 군인이 되면 누구에게나 존경을 받을 수 있다고 했다. 특히 누구에게 존경을 받고 싶은 거야? 미쉬는 귀가 붉어진 채로 대답을 망설였다. 그러더니 끝내 대답하지 않고 근거리에 적이 출몰했다며 앞질러 내달렸다. 아샤는 그렇게 뛰어가는 미쉬의 작고 앙상한 팔다리를 보며 결코 그렇게 떠나도록 내버려 두지 않겠다고 다짐했다.

"워커는 존경받지 못해. 팔려서 온 전쟁 무기일 뿐이거든."

정은 아샤가 미쉬에 대한 이야기를 했을 때 갈라진 입술로 그렇게 말한 뒤 한참 동안 침묵했다. 그리고 사막 언덕 하나를 넘고 견디기 힘든 고요가 찾아왔을 때 다시 입을 열었다. 보잘것없는 과거에 한눈팔지 마. 그런 건 절대로 널 지켜주지 못해. 따뜻한 차를 마시고 주먹을 쥐었다 폈다 하는, 그런 게 널 지켜줄 거야. 아샤는 그 순간 정 또한 보잘것없는 과거를 끊임없이 반추하고 있다는 걸 알았다.

감자 몇 알을 모닥불 속에 던져 넣었다. 말리는 이제 감자 따위는 못 먹겠다고 성질을 부렸다. 하지만 아샤와 창, 말리가 구비하고 있는 식량은 감자뿐이었고 이따금 쓰러진 나무에 붙어 있는 풍뎅이를 찾는 것도 며칠에 한 번 있을까 말까 한 일이었다. 풍뎅이를 발견하면 곧장 머리와 다리를 떼고 씹어 먹었다. 머리에선 쓴맛이 났고 다리는 이물감이 혀 밑에 오랫동안 남았다. 창은 이가 좋지 않아 부드러운 음식을 선호했다. 선택지는 몇 개 없었지만 그래도 창은 푹 익힌 감자나 되직하게 끓인 죽을 먹는 편이었다. 창의 치아는 심하게 부식되었다. 앞니 중하나는 이미 새카맣게 변색됐고 제때 빼지 못한 유치는 말할 때마다 보기 흉하게 드러났다. 통증이 심해질수록 창은 초콜릿이나 사탕같이 오랫동안 녹여 먹을 수 있는 음식을 찾았다. 아샤와 말리는 군인들이 주고 간 간식거리를 챙겨놨다가 창에게 한 주먹씩 건네주었다. 그러면 창은 그것들을 주머니에 넣고 며칠간 아껴 먹었다. 하지만 그마저도 거의 다 떨어진 지 오래였다.

정은 대학을 나온 인재였고 군사학과를 졸업해 아이다에 파견직으로 입사했다. 기술병과에서 세부특기를 수송으로 선택했지만, 의무 복무 시에는 인사 및 행정을 주업무로 삼았다고 했다. 아이다는 정의 군사 실무 역량을 감안해 워커를 운송하고 관리하는 임무를 맡겼다. 정은 부대를 운영하는 데 있어 꽤 중요한 위치에 있었지만, 어쩐지 진급에는 크게 신경 쓰지 않는 것 같았다. 정은 언젠가 자신이 금방 본국으로 돌아갈 수 있을 줄 알았다고 말했다. 하지만 적국의 탄도미사일이 정의 나라에 버섯구름을 띄우면서 돌아갈 길은 묘연해졌다. 정은 그런 이야기를 사구와 사구 사이에만 존재하는 끔찍한 적막을 가르기 위해 마구잡이로 지껄였다.

아이다는 전쟁이 끝날 즈음에 도산했다. 부대는 용병

과 더불어 파견 직원을 챙길 여력도 없이 부랴부랴 철수했다. 정은 셋과 함께 사막에 남겨졌다. 아니, 버려졌다는 말이 더 맞을 것이다. 아샤와 창, 말리는 아이다의 커뮤니티에 남겠다고 했지만, 정은 새로운 커뮤니티를 만들겠다고 선언했다.

"굳이 왜?"

"안주할수록 위험해져."

정은 그러면서 그들에게 함께 갈 것을 제안했다. 창과 말리는 함께 가고 싶어 했지만, 아샤는 이곳에 머물러야 한다고 주장했다. 결국 쫓겨날 걸 알았다면 정을 따라갔을 텐데. 이따금 아샤는 그때의 선택을 후회하곤 했다. 아샤와 창, 말리는 이리저리 떠돌면서 종종 어떤 동양 남자가 사막에서 생강 재배에 성공했다는 소식을 들었다. 저지대 산악지역에 터를 마련한 생존자는 이곳 어딘가에 생강 및 여러 특수작물을 재배하는 커뮤니티가 있다고 했다. 아샤는 이런 황무지에서 곡식이 아닌 다른 작물을 재배할 만한 기술을 가진 사람은 정과 그 고양이뿐이라고 생각했다. 특히 생강이라면 더더욱. 정은 종종 생강 재배에 관련된 이야기들을 해주곤 했으니까.

이미 날이 저물어 주변이 조금씩 어두워지고 있었다. 말리는 천천히 주위를 두리번거렸다. 뭘 찾는 거야? 아샤가 묻자, 말리는 그저 고개를 내저은 뒤 침을 뱉었다. 말리가 점점 지쳐간다는 걸 알았다. 창은 참지 못하고 주머니에서 또 초콜릿을 꺼내고 있었다. 갈수록 창의 건강은 악화되었다. 별로 먹는 것이 없는데도 살이 쪘고 호흡이 가빠졌다. 이렇다 할 의약품도 없어 속수무책 지켜볼 수밖에 없었다. 커뮤니티를 찾는 것이 우선이었다.

"이번에는 적당히 해."

아샤는 괜히 미간을 모으고 으름장을 놓았다.

"뭘?"

"난동 부리지 말라고. 또 쫓겨날 순 없잖아. 심지어 우린 추적당하고 있다고."

말리는 코웃음을 치며 묶고 있던 머리카락을 풀어 뒤로 넘겼다. 흑발의 윤기 나는 머리카락이 저무는 태양 빛을 받아 오렌지색으로 반짝거렸다. 절대 물의를 일으켜선 안 돼. 아샤가 다시 한번 강조했다.

● ❬ ❬ ❬ ❬

남겨진 사람들은 소속에 집착했다. 셋이 속했던 아이다는 가장 큰 민간군사기업 중 하나였지만, 그곳 워커들은 아샤와 창, 말리를 일원으로 받아주지 않았다. 아이다의 워커들은 한때 큰 레저도시였던 사막의 중심부에 기지를 구축했다. 또 다른 민사군사기업, 린다의 커뮤니티는 제2차 세계대전 당시 만들어진 우체국 주위로 몰려들었다. 어떤 이들은 채굴장 곳곳에 터전을 마련해 무리를 지어 살고 있었다. 사람들은 버려진 생필품이나 통조림 등을 아껴 먹었고 소규모로 밀이나 보리 따위를 수확해내기도 했다. 그렇기에 커뮤니티에 속하는 게 생존에 있어 무엇보다도 중요했다. 젊고 체격이 좋은 남자들로 꾸려진 커뮤니티의 사냥 멤버들은 버려진 낙타와 쥐, 전갈 등을 닥치는 대로 잡아 왔다.

린다의 용병들은 내내 셋을 늙고 병든 할머니 취급하며 무시해 댔다. 가장 소란을 일으킨 주범은 말리였다. 자신을 향한 우스갯소리를 들을 때마다 참지 못하고 손에 잡힌 것들을 휘둘렀다. 셋은 나이 지긋한 여자라는 이유로 식량 배급 파트를 맡았다. 어느 날은 말리가 배식용 수프 따위를 끓이는데 사냥 멤버 중 하나가 여기저기 들쑤시며 여자들을 희롱하고 다녔다. 근처를 얼쩡거리며 시시덕거리던 남자는 말리에게 다가왔다. 그리고 말리의 윤기 나는 머리칼에 아무렇지 않게 손을 댔다. 그 순간 말리가 남자에게 뜨거운 수프를 들통째 부어버렸다. 남자는 목 언저리에 큰 화상을 입었고 그 길로 셋은 허겁

지접 커뮤니티에서 도망쳐야 했다.

소문은 빠르게 퍼졌고 아샤와 창, 말리는 그 근방의 어떤 커뮤니티에도 갈 수 없게 되었다. 그렇지만, 그들은 별로 개의치 않았다. 어차피 자신들을 위한 커뮤니티가 아니었으니까. 창은 도망가면서도 말리가 남자의 목에 벌건 지도를 그려주었다며 킬킬거렸다. 오래도록 도망친 셋은 체력이 급속도로 떨어졌다. 그래도 쉴 수는 없었다. 최대한 빠르게 걸음을 옮기는데 갑자기 선선한 바람이 불어왔다. 오랜만에 느끼는 감촉이었다. 날아다니는 고운 모래 입자가 볼을 스치고 지나갔다. 눈앞이 흐려지자 그들을 지독히도 괴롭혔던 홀로그램 연막 장치가 생각나기도 했다. 홀로그램 연막 장치는 냄새도 없이 고요했고 또 그래서 더 무서웠다. 오롯이 시야만이 차단되었기 때문이었다. 하지만 바람은 바람이었다. 냄새를 실어 왔다. 창은 그 바람에서 익숙한 냄새가 난다며 자리에 우뚝 서서 눈을 감았다. 생강, 생강 냄새가 나. 그러다 불현듯 정이 떠올라 제안한 것이었다.

"우리를 위한 커뮤니티를 찾아가자."

"그런 곳이 있기나 해?"

"정을 찾아가면 어때? 정이라면 어디에서든 살아남을 거야. 그 고양이도 예사롭지 않았어."

"그 고양이?"

아샤가 미간을 찌푸리며 물었다.

"그래. 그 고양이."

작은 바람에도 모래의 무늬가 바뀌었다. 창이 속삭였다. 그 고양이와 정이 속한 곳이라면 어느 정도 안전할 거야. 적어도 인간적인 곳이라는 거잖아.

"너는 아직도 인간적이라는 말을 쓰는 거야?"

"그럼 인간적이지 않은 곳을 찾아가자."

아샤가 볼멘소리로 묻자 창이 재빠르게 고쳐 말했다.

"좋은 제안이야."

말리는 의외로 아샤의 얼토당토않은 말에 빠르게 수긍했다. 그의 목소리는 여느 때처럼 건조했지만, 한결 부드러웠다. 아샤가 불퉁하게 말했다.

"너무 오래전 일이야. 게다가 그 고양이는 진짜 고양이도 아니잖아."

정을 처음 만났을 때, 아샤는 트럭 위에 처진 천막의 틈을 비집어 열고 토악질을 했다. 아무것도 먹은 것이 없어 가래가 잔뜩 섞인 멀건 액체만 토해냈다. 정은 무심코 천막을 집었다가 아샤의 흔적을 발견했다. 정은 탈수 직전인 아샤와, 분위기를 흐리며 마구잡이로 울어대는 창을 조수석에 실었다. 말리는 아샤와 창을 싣고 있는 정에게 다가가 왜 쟤네들은 조수석에 타고 자기는 짐짝처럼 실려 가야 하냐며 항의했다.

정은 결국 말리까지 좁아터진 조수석에 구겨 넣었다. 그리고 매고 있던 목도리를 풀어 아샤의 목에 감은 뒤 생강차를 조금씩 입 안에 흘려 넣었다. 그러면서 정은 자신이 데려온 고양이에 관해 이야기 해주었다. 치즈라는 이름의 고양이라며. 그들은 의아했다. 고양이는 멸종된 지 오래잖아. 그러니까 정이 태연하게 설명했다. 고향에서 아버지와 함께 큰 규모의 생강 농사를 지었는데 언젠가 VR 홈쇼핑으로 농업용 AI를 팔기에 돈을 모아 데려왔다는 것이었다. 그게 치즈라며. 그러니까… '그게' 고양이라는 거지? 아샤는 희미한 정신을 부여잡고 가까스로 물었다.

"그 로봇 고양이가 뭘 할 수 있겠어?"

아샤가 처음 치즈를 만난 날을 떠올리며 자조적으로 말하자 창은 오랫동안 무언가를 생각했다. 아샤는 먼 곳을 바라보고 골똘히 생각하는 창의 표정을 좋아했다. 그 먼 곳에 함께 시선을 맞춰보면 얼굴을 마주치지 않고도 눈을 맞추고 있다는 느낌이 들었다. 창이 드디어 부르튼 입술을 열고 말했다.

"너넨 내가 곧 죽을 거로 생각하지?"

아샤와 말리는 하얗게 센 창의 더벅머리와 붉게 띤 홍조의 흔적을 바라보다 고개를 끄덕거렸다. 날이 어둑해지고 있었다. 사막의 어둠은 끔찍한 추위를 몰고 왔다.

"난 살아남을 거야."

"어떻게?"

"아까 말했잖아. 인간적이지 않은 곳을 찾는 거야. 네발짐승이 있는 곳 말이야."

그러자 아샤는 실소했다.

"네발은 맞는데, 짐승이라고 할 수 있어?"

"너도 봤잖아."

창의 당당한 표정에 아샤가 한숨을 쉬었다

"그래. 로봇 고양이는 그렇다 치고. 정이 어떻게 변했을지 알고?"

"우리에게 도움다운 도움을 준 사람이 정 말고 더 있어?"

말리가 창을 거들었다.

아샤는 그런 창과 말리의 무모함이 의아했다. 하지만 그럼에도 창과 말리가 그들에게 없어서는 안 될 존재라고 생각했다. 창이 희미하게 웃음 지었다. 창은 늘 그런식으로 아샤와 말리에게 생존의 이유를 만들어 주었다. 평생 함께할 전우가 있다는 건 좋은 일이다. 전투 중에

저만 살기 위해 대전차포의 해치를 걸어 잠근 전우도 있었다. 사명은 어디서부터 와서 어떻게 마음에 맺히는가. 아샤와 창, 말리는 한 번도 사명 따위에 목숨을 내건 적이 없었다. 그저 함께 살아남기 위해 애썼을 뿐이었다.

●●●((

  이곳 사막은 한때 영토 분쟁이 지속되다가 현재는 온 갖 게릴라들의 주둔지가 된 곳이었다. 휴전 협정이 시작되자마자 트라움이 가장 먼저 한 일은 사막 주위를 크게 둘러 바리케이드를 치는 일이었다. 자기장으로 만들어진 바리케이드는 별다른 경고 표시도 없이 설치되어 있었다. 아무도 그 바리케이드를 넘지 못했다. 손가락 하나라도 대는 순간 전신 마비가 오기 십상이었다. 그들은 사막에 고립된 용병들이 트라움의 땅으로 건너오는 것을 필사적으로 막았다. 공식적으로 발표하진 않았지만, 대규모 난민을 수용할 여건이 되지 않는 것이었다.
  정은 이 사막이 한때는 바다에 잠겨 있었다고 했다. 멕시코만의 물이 유입되면서 모래가 퇴적하고, 사암이 되어 융기한 흔적이라고. 정은 사막 곳곳에 우뚝 솟은 거대하고 편편한 돌기둥을 보면 꼭 손가락으로 가리켰다. 저

거 봐. 저게 메사야. 메사? 아샤가 그렇게 묻자 정이 고개를 끄덕거렸다. 맞아. 저기서 아마 신들이 체스 놀이나 하지 않았을까.

먼 곳의 모닥불을 발견한 것은 말리였다. 저 멀리 누군가 거대한 돌기둥, 메사 밑에서 불을 피우고 있었다. 한때는 노을 사이로 웅장하게 모습을 드러낸 메사를 보면 경이로웠다. 하지만 지금은 그저 메사 다음엔 또 다른 거대한 메사가 나온다는 것을 알고 있었다. 달라질 것 없이 같은 풍채로 삶을 압박하는 돌기둥이었다. 메사에 가까워질수록 날이 어둑해지기 시작했다. 아샤는 불을 피우는 사람이 체격이 좋은 남자라는 것을 알아차리고 더 가까이 다가가지 말자고 했다. 하지만 창은 그에게 말을 걸고 싶어 했다. 남자가 있는 쪽에서 생강 냄새가 난다고 했다.

"유인하려는 걸 수도 있어."

아샤는 꽤 단호한 어조로 말했지만, 실은 이미 저쪽에서부터 실려 오는 냄새의 정체를 알아차렸다. 알싸하지만 어쩐지 달큰한 냄새. 그것은 정말로, 생강이었다. 맡은 지 오래되었는데도 여전히 바로 알아차릴 수 있었다. 아샤는 새삼 후각의 영향력을 실감했다. 오롯이 후각만이 기억을 처리하는 해마 시스템과 긴밀하게 엮여 있다는 말을 들은 적이 있었다.

먼저 걸음을 뗀 것은 말리였다. 조심스럽게 남자의 뒤편으로 다가갔다. 말리의 걸음걸음은 몹시 신중해서 아무 소리도 나지 않았다. 기척을 느낀 남자가 뒤돌아보았을 때, 말리는 이미 목 근처에 잭나이프를 갖다 댄 채였다. 정을 알아? 남자는 겁을 먹지 않은 것 같았다. 오히려 태연한 얼굴로 두 손을 어깨 위로 들어 보인 뒤 대답했다.

"만났지. 아주 잠깐."

남자의 짧은 곱슬머리는 희끗희끗했고 까만 피부는 볼링공처럼 반들거렸다. 뚜렷한 입술 선이 도드라졌는데, 열린 입술 사이 도자기같이 흰 앞니가 벌어져 있는 게 보였다. 또 고운 입자의 모래가 소복이 쌓일 것처럼 속눈썹이 길고 눈이 맑았다. 창은 모닥불 앞에 있는 남자의 컵을 들어 냄새를 맡곤 아샤와 말리의 얼굴 가까이에 들이밀었다. 생강차였다.

남자는 서쪽에 있는 작은 마을에서 생강 진액을 얻었다고 했다. 그러면서 두 손바닥을 펴 가는 기둥 모양을 만든 뒤 왜소한 정의 체격을 묘사했다. 남자는 거센 돌풍을 뚫고 동생을 찾아다녔는데, 정의 마을에 당도했을 때는 이미 목이 다 쉬어버린 상태였다. 그런 남자에게 정은 몇 마디 말을 붙이고는 생강차를 내어주었다는 것이다. 남자는 그때 처음 생강 냄새를 맡아보았다며 아직도 생경하다는 듯 컵에 코를 박고 잠시 냄새를 맡았다. 그리고 자신이 마시던 컵에 차를 새로 타서 아샤에게 건네주었다. 셋은 돌아가면서 한 모금씩 차를 마셨다. 달고 맵싸한 차가 몸의 내부를 신중하게 훑고 지나갔다. 말리가 코를 찡긋거렸다.

셋은 남아 있는 마른 쌀을 되직하게 끓여 남자와 나누어 먹었다. 금세 어둠이 다가왔다. 남자는 셋에게 정에 대한 이야기를 해주었다. 정은 현재 사막에서 생강 및 특수작물의 재배법을 터득한 유일한 사람이며 비닐하우스 세 동을 운영하고 있었다. 정은 다른 커뮤니티에는 비싼 값으로 작물을 팔아넘겼지만, 마을 사람이나 여행객이 아픈 기색을 보이면 언제나 따뜻한 차를 끓여준다고 했다. 창이 자신만만한 표정으로 아샤와 말리를 쳐다보았다.

"고양이는?"

"고양이는 멸종된 지 오래잖아."

남자는 로봇 고양이의 존재를 모르는 것 같았다. 창은 멸종이라는 단어를 곱씹으면서 조용히 고개를 끄덕였다. 고양잇과 동물은 인공적으로 만들어진 살상용 바이러스로 인해 오래전 멸종되었다.

"정말 귀여웠는데."

아샤가 중얼거리자 남자가 말했다.

"나도 반평생을 함께한 고양이가 있었어. 지금도 종종 카미유를 생각해. 콧잔등에 검은 얼룩이 있었어."

그들은 잠시 지구상의 가장 사랑스러운 생물 중 하나였던 고양이를 위해, 카미유를 위해 묵념했다.

"정이 데리고 왔던 생강 재배용 로봇 고양이가 있어."

아샤의 말에 남자가 웃음을 터트렸다.

"뿌리가 약한 식물이라 관리가 중요하거든."

창은 남자가 웃는 게 마음에 들지 않았는지 퉁명스럽게 대꾸했다. 정이 베이스캠프에 도착해 치즈를 보여주었을 때, 아샤는 저 작고 조악해 보이는 사물이 도대체 무엇을 할 수 있단 건지 이해할 수 없었다. 치즈는 알루미늄 합금 재질의 조립식 로봇이었다. 애벌 처리를 하지 않아 엉성한 페인트 자국이 그대로 남아 있었다. 하지만 유리구슬 같은 노란색 맑은 눈동자와 통통한 볼은 나름대로 귀여운 구석이 있었다. 치즈색 몸통과 하얗고 짤따란 팔다리가 그런대로 고양이라는 느낌을 주기는 했다. 창은 처음에 치즈를 보고는 헛웃음을 삼키며 머리를 쓰다듬으려고 했다가 혼쭐이 났다. 치즈는 금속성의 앞발

고양이와 사막의 자매들

로 창의 손을 쳐내고는 엉덩이를 높이 치켜세웠다. 치즈, 그만. 정이 부드러운 목소리로 말하자, 치즈는 끝까지 창을 노려보다 자리에 엎드려 자기 발을 핥았다. 매끄러운 알루미늄 피부를 핥는 치즈를 보니 어쩐지 불쾌한 기분이 들었다.

● ● ﹤﹤﹤ ﹤

저녁을 먹은 뒤, 불 앞에 앉아 오래도록 이야기를 나눴다. 남자는 발목을 주무르는 창을 보고 무슨 문제가 있느냐고 물었다. 창은 아픈 부분을 드러내고 싶지 않았는지 어깨를 으쓱하고는 말았다. 눈치 빠른 남자는 관절에 좋은 약초가 있는 곳을 안다고 했다. 아샤는 반가운 마음에 불쑥 그곳이 어디냐고 물어보았는데, 말리가 눈을 부라렸다. 남자는 자리에서 일어나 몸을 훌훌 털고 아샤와 말리에게 따라오라며 손짓을 해 보였다.

"너무 어두워."

말리가 미간을 찌푸린 채로 말하자 남자가 하얀 이를 훤히 드러내며 말했다.

"익숙해지면 돼. 그래왔잖아."

남자는 이곳 사막의 근교 마을에 살던 원주민이었다.

다들 전쟁을 피해 도망쳤지만, 동생이 거동할 수 없을 정도로 아픈 상황에서 혼자 달아날 수 없었다고 했다. 아샤와 창, 말리 중 누구도 남자에게 동생이 어떻게 됐는지는 묻지 않았다. 셋은 수많은 생명이 지난하고 어설픈 전투를 통해 죽어나가는 모습을 오랜 시간 지켜봤다.

말리는 끝까지 경계를 풀지 않았지만, 아샤가 남자를 따라가자 하는 수 없이 뒤를 따랐다. 창은 홀로 불가를 지키게 되었다. 아샤와 말리, 남자는 손전등 하나에 의지해 어둠을 가로질렀다. 아샤는 괜스레 불안감이 엄습했다. 잘 알지도 못하는 사람을 너무 믿고 따라온 게 아닐까. 그때 저 멀리 앞서가던 남자가 걸음을 멈추고 아샤와 말리를 돌아보았다. 그리고 긴 다리로 성큼성큼 빠르게 아샤 쪽으로 걸어오기 시작했다. 남자의 까만 손에 들린 그것은 유난스럽게 번쩍거렸다. 아샤는 굳은 채로 그저 남자를 바라볼 수밖에 없었다.

남자는 오른손에 주머니칼을, 왼손에는 손전등을 들고 있었다. 아샤는 그 주머니칼을 보다가 눈을 질끈 감았다. 하지만 남자는 아샤를 지나쳐 무릎을 꿇고 앉았다. 그곳에는 덩굴식물이 자리 잡고 있었다. 손전등을 입에 문 뒤, 남자는 덩굴식물 앞에 가까이 다가가 칼을 들었다.

고양이와 사막의 자매들

그 순간 커다란 폭발음이 났다. 남자는 재빨리 칼을 던지고 바닥에 몸을 바짝 엎드렸다. 아샤와 말리, 남자는 폭발 소리에 몹시 놀라 한동안 움직임을 멈추고 말을 잇지 못했다. 짧은 적막이 흐른 뒤 말리는 주머니에 넣어둔 작은 손전등을 꺼내 굉음이 난 곳을 비췄다. 바리케이드였다.

바리케이드는 미세하게 울렁거리며 그들이 발 디디고 있는 곳과 그 너머의 곳을 구분 짓고 있었다. 무슨 짓이야? 우리 다 뒈질 뻔했어. 아샤. 봤어? 말리는 납작 엎드린 남자에게 다가가 엉덩이를 걷어찼다. 남자가 신음을 흘리며 두 번쯤 뒹굴어 말리에게서 멀어졌다. 그리고 손가락으로 바리케이드 근처를 가리켰다. 남자가 가리킨 쪽에는 저편에서 자란 덩굴식물이 바리케이드를 뚫고 이편으로 넘어와 자라고 있었다.

"나는 땅덩굴을 채취하려고 했을 뿐이야. 동생이 저걸 달여 먹고 잠깐 몸이 나아졌어."

남자가 아샤와 말리를 노려보며 말했다. 그리고 자리에서 일어나 몸에 묻은 흙을 탈탈 털며 큰 동작으로 기지개를 켰다. 아샤와 말리는 조심스럽게 땅덩굴 쪽으로 다가갔다. 땅덩굴은 바리케이드 건너편에서부터 자기장을 뚫고 자라난 것 같았다. 식물은 어떻게 자기장의 영향을 받지 않고 이곳까지 넘어올 수 있을까. 아샤가 홀린 듯 덩굴에 손을 대려고 하자 말리가 어깨를 잡고 끌어냈다. 그러자 남자가 성큼 다가와 덩굴줄기를 조심스럽게 잡았다. 아무 일도 일어나지 않았다.

"어떻게 식물이 자라지?"

남자가 땅덩굴 주위 흙을 손으로 파냈다. 아샤와 말리도 덩굴 주변에 무릎을 꿇고 흙을 파내기 시작했다. 한참을 파도 뿌리가 나오지 않았다. 뿌리는 바리케이드 바깥에 있는 것 같았다. 하는 수 없이 줄기를 잘라내기로 마음먹었다. 말리가 잭나이프를 꺼내 줄기를 자르려는데 어디선가 작지만, 신경 쓰이는 소리가 들려오기 시작했다. 남자도 소리를 들었는지 주변을 둘러보았다. 순간 발밑의 땅이 조금씩 들썩거리기 시작했다. 아샤가 한 발짝 물러나자 물러난 자리 주변으로 땅에 금이 가며 더 크게 들썩거렸다. 그러더니 흙 속에서 무언가가 솟구쳐 나왔다. 비명을 지른 사람은 말리였다. 솟구쳐 나온 것은 생전 처음 보는 커다란 크기의 잿빛 털을 가진 두더지였다. 두더지가 갈퀴같이 생긴 커다란 두 손을 저으며 말했다.

"땅덩굴은 관상용입니다. 눈으로만 봐주세요."

말리가 소리를 지르며 두더지를 향해 쥐고 있던 손전등을 던졌다. 두더지는 가볍게 피했고 바리케이드가 한

번 더 폭발했다. 아샤는 말리의 손을 잡고 재빨리 도망쳤다. 남자도 뒤따랐다.

●《《《《

"그게 뭐였을까."

그들은 각자의 침낭에 들어가 누워 있으면서도 좀처럼 '그것'에 대한 생각을 떨치지 못했다. 창도 눈을 감고 거대한 두더지의 외관을 떠올려 보았다. 우리가 알 수 있는 건 아무것도 없어. 남자만이 졸음이 묻어나는 작은 목소리로 그렇게 말하고 눈을 감았다.

"정이 만든 걸지도 몰라."

창이 불쑥 말을 꺼냈다. 사실 아샤도 막 치즈를 떠올린 참이었다. 말리는 소리 내어 웃었다.

"그 두더지랑, 정이 데리고 다니는 농업용 노예랑 관련이 있다는 거야?"

"노예라니."

창이 말리를 쏘아봤다. 남자는 침낭 속에서 두 손을 포개 베개 삼아 누워 있으면서도 나른한 말투로 셋을 중재했다. 뭔지는 몰라도 바리케이드를 건너온 거야. 핵폭탄을 맞고도 건재한 그곳에서. 말리도 남자의 말에 동의했다.

"트라움은 죽은 사람도 살릴 만한 기술을 가지고 있다고 했어."

대륙간 탄도미사일 전쟁은 두 강대국의 전면전으로 인해 최악의 상황으로 치달았다. 체제를 정상적으로 유지하는 국가는 거의 없었고 탄도미사일 요격 체계를 완벽하게 갖춘 일부 도시만이 살아남았다. 이곳 사막은 유격전이 펼쳐지던 거의 유일한 곳이었다. 결국, 소강상태에 접어든 몇 나라에 의해 휴전 협정이 체결되고, 견고한 요격 시스템으로 미사일 공격의 피해를 최소화한 도시들은 방어기지를 세웠다. 워커들은 그 방어기지를 트라움이라고 불렀다. 트라움 안의 사람들이 그곳에서 무엇을 하는지는 아무도 몰랐다. 누군가의 말에 의하면 그곳은 날아다니는 새마저 칩을 이식해 내비게이션 노릇을 하는 곳이라고 했다.

남자는 괜히 고생만 시켰다며 셋에게 거듭 미안해했다. 그러면서 정이 사는 서쪽 마을로 가는 법에 대해 자세하게 알려주었다. 그들은 정을 찾는 여행을 시작하고 나서 쉴 때마다 정의 이야기를 꺼냈고 언젠가 정을 만나야만 한다고 입을 모아 말하곤 했다. 하지만 어떤 단서도 의지도 없었기 때문에 사실상 말로만 정을 찾아다닌 것이나 다름없었다.

추적당하며 도망치기 급급한 그들에게 정에 대한 단서는 오늘을 사는 이유가 되었고, 오늘을 사는 이유가 있다는 것은 이곳에선 좀처럼 생각할 수 없는 것이었다. 그렇지만 정말로 정을 찾을 수 있다는 생각이 들자, 여태까지 정을 찾기 위해 애써왔던 모든 것들이 시시한 여정이 되어버릴까 두려운 마음이 들었다.

"우린 최선을 다했어. 그렇다고 해도… 정말 그 마을에 가면 정이 있을지는 모르는 거야."

아샤가 말하자 창이 대답했다.

"있다고 생각하자."

"정이 변했으면?"

"사람은 어떤 식으로든 변해."

아샤의 계속된 물음에 말리가 단조롭게 대답했다.

"맞아. 너희를 기억하지 못할 수도 있어."

남자도 거들었다. 아샤는 천천히 고개를 끄덕였다. 아무래도.

아샤와 말리, 창은 한동안 아무 말도 하지 않았다. 남자는 마지막으로 미지근한 물에 생강 진액을 아주 조금씩 타서 나눠주었다. 아샤는 조금 망설이다가, 남자에게 물었다.

"계속 동생을 찾아다닐 거야?"

남자는 잠시 생각하더니 고개를 끄덕였다. 사람들은 다들 동생이 죽었다고 했어. 유해를 보여주면서, 그게 동생이라고 했어. 그 순간 그런 생각이 들었던 거야. 동생을 찾아 나서야겠다고. 가끔은 아무도 믿지 않는 걸 믿는 게 사는 데 도움이 될 때가 있어.

선뜻 이해하기 어려웠지만, 아샤와 창, 말리는 그냥 고개를 끄덕였다. 그러자 남자가 미소로 화답하고 갑자기 몹시 피곤하다며 차를 몇 모금 마신 뒤 거대한 메사의 끄트머리에 기대 잠이 들었다. 말리는 남자를 위해 나뭇가지를 모아 다시 불을 피웠다. 창은 초콜릿 몇 개를 남자의 머리맡에 놓아주었으며, 아샤는 너덜거리는 붕대 조각으로 자신의 가슴을 꼼꼼하게 동였다.

그들은 남자가 잠에서 깨지 않도록 조심조심 떠났다. 메사와 불이 어느 정도 멀어졌을 때쯤 뒤를 돌아보았다. 남자는 성냥개비처럼 작게 보였지만 일어나서 그들 쪽을 바라보고 있다는 것은 알 수 있었다. 그들은 멀어지는 서로를 멀거니 바라보고 있었다. 아샤는 남자가 초콜릿이라도 까먹으면서 그들을 보고 있기를 바랐다. 남자가 동행을 제안했다면 거절했을 것이다. 우린 아직도 정의 말을 잊지 않고 있었다. 보호받고 있다는 느낌이 들면 도망쳐야 한다.

창이 불쑥 말했다.

"못됐어."

"우리?"

"세계가."

못돼먹은 세계가 밝아지기 시작했다. 낮의 세계는 만물을 밝히고, 밝혀진 만물은 위험에 처한다. 미쉬는 존경하던 백인 군인을 따라 전쟁에 참전하겠다며 서류에 서명했다. 누구를 적으로 두고 누구를 아군으로 삼는지도 알지 못한 채. 아샤는 떠나기 전날 사라진 미쉬 대신 입대했다. 합의는 마을 사람들과 백인 군인 간에 이루어졌다. 미쉬는 선조들의 지혜와 은덕으로 점지받은 아이였기에 그 아이를 대신할 아이가 필요했다. 깊은 밤, 아버지는 아샤를 이불로 싸맨 채로 둘러업고 도망치다 사슴 사냥용 덫에 걸려 동틀 무렵 발각되었다. 그렇게 아샤는 미쉬 대신 차출되었다.

아샤는 때때로 마르고 가는 팔다리를 휘적거리며 뛰어가던 미쉬가 이 세계의 완고한 질서처럼 느껴졌다. 창과 말리를 만난 이후 아샤는 뛰어가던 미쉬의 뒷모습을 점차 잊을 수 있게 되었다. 창, 말리와 함께 보낸 시간이 켜켜이 쌓여 아샤를 어떤 식으로든 재구성했다는 생각이 들었다. 세계의 질서 또한 만들어진 것일 뿐이다. 아샤는 그제야 창의 말에 동의했다. 우리도 우리를 위한 커뮤니티를 찾아가면 그만이다. 다만, 창이 조금이라도 건강을 되찾으면 좋을 텐데.

저 멀리서 누군가가 다가오고 있었다. 처음에는 바짝 경계했지만, 형체가 가까워질수록 아샤와 창, 말리의 입이 점점 벌어졌다.

고양이였다. 얼룩이 섞인 노란 고양이.

제 2 장
습지 공원

습지 공원

창은 처음 베이스캠프에서 치즈를 봤을 때부터 어쩐지 좋은 친구가 될 수 있겠다고 생각했다. 앞발을 정성스럽게 핥는 그 알루미늄 물체가 꽤 사랑스럽게 느껴졌다. 치즈가 무심코 쓰다듬으려던 창의 손을 쳐냈을 때, 그때 확신했다. 경계심과 신중함은 고양잇과 동물이 가진 영험한 능력이었다. 그 빗장을 잘 풀기만 하면, 서로의 부드럽고 무력한 부분을 공유하는 경이로운 관계를 맺게 된다.

"치즈를 찾는다면서?"

치즈의 목소리는 얇고 가늘었다. 어른을 흉내 내는 다섯 살 어린이처럼 짐짓 점잖았고 발음이 몹시 정확했다. 창과 말리, 아샤는 해를 등진 채 긴 그림자를 뽐내는 치즈와 거리를 유지하며 대치했다. 치즈는 목을 길게 빼고 늠름하게 서 있었는데, 노랗고 맑은 동공이 크게 확장되어 있었다.

아샤가 천천히 쪼그려 앉았다. 혀를 차며 치즈를 향해 구부린 검지를 내밀고 물었다.

"긴장했니?"

창은 어릴 적 함께 지내던 고양이 러비 덕분에 어느 정도 고양이의 습성에 대해 파악하고 있었다. 물론 소용 없을 때가 더 많았지만. 어쨌든 방금 아샤가 취한 제스처는 절대 해서는 안 되는 행동이었다. 치즈의 등 뒤로 그림자가 다가왔다. 거대한 암벽 같은 그 그림자는 가까워질수록 하나의 덩어리가 아니라 여러 개의 무엇이라는 것을 알 수 있었다. 눈이 부셔서 잘 보이지 않았지만, 가까워질수록 그 형체는 선명해졌다.

귀가 쫑긋하고 네 다리가 유난히 짧으며 기다란 꼬리를 바짝 세운… 고양이 로봇들이었다. 족히 몇십 마리는 되는 고양이들이 무리를 지어 걸어오고 있었다. 아샤는 황급히 자리에서 일어나 창과 말리의 곁에 섰다. 말리는 뒤로 살짝 물러나 아샤의 팔을 잡았다. 말리가 동물을 유난히 무서워한다는 건 다 알고 있는 사실이었다. 정작 말리는 모르는 것 같았지만.

고양이와 사막의 자매들

고양이들은 치즈를 꼭짓점으로 삼아 삼각 대열을 맞춰 군집했다. 그들은 죄다 치즈와 똑같은 모양새였다. 치즈 빛깔 몸통에 하얀 발목 양말을 신고 가슴 쪽에 커다랗고 흰 반점이 있는 것까지 전부 똑같았다. 창과 말리, 아샤는 한참 동안 넋을 놓고 그들의 대형을 바라보았다. 아샤가 침을 삼켰다. 치즈가 한 발자국 다가오더니 이죽거렸다.

"긴장했니?"

창은 겁에 질린 아샤와 말리를 보고 하마터면 웃음이 터져 나올 뻔했다. 지금 상황이 썩 나쁘지 않다는 것을 알고 있었다. 치즈는 우리를 안전한 곳에 데려다줄 거야. 창이 재빠르게 속삭였다. 정에게? 말리가 물었다. 창은 대답하지 않았다. 애초에 정을 찾아가자고 한 것은 창 자신이었지만, 정작 창은 정보다도 치즈를 찾고 싶었다. 창은 스스로의 감을 믿었다. 사실 치즈를 찾는 게 생존에 도움이 될 거라, 막연히 생각했을 뿐이었다. 로봇은 인간보다 훨씬 더 많은 경우의 수를 예측하니까. 정을 찾아가자고 말한 것은… 그저 유약했던 셋의 과거를 떠올릴 만한 매개체가 정뿐이라고 생각했다. 인간에게 유약했던 한 시절의 과거는 곧 결속의 토대가 되었다. 피곤한 생명체인지라, 개체마다 고유한 기억을 통해 결속의 중요성을 깨닫고 또다시 스스로 훼손하길 반복했다.

치즈는 주변을 천천히 둘러보다가 한가로운 걸음으로 창과 말리, 아샤에게 다가왔다. 창은 자세를 낮춰 치즈와 눈을 맞췄다. 그러자 치즈가 눈을 깜빡였다. 창도 눈을 깜빡였다. 치즈는 창의 코에 자기 코를 맞대며 특유의 정확한 발음으로 인사를 건넸다.

"반가워. 우릴 따라와."

창이 치즈들을 따라가려고 하자 말리가 붙잡았다. 함정일지도 몰라. 창은 퉁퉁 부은 발목과 더러운 나무 지팡이를 한번 바라보고 아샤와 말리에게 말했다. 더는 무리야. 아샤는 창의 시선을 따라 보다가 천천히 고개를 끄덕이며 대답했다.

"그건 맞아."

아샤는 몹시 피로해 보였다. 주름이 잡히고 핏줄이 도드라진 손등에는 어딘가에 베인 상처가 깊게 자리 잡고 있었다. 아마 거대 두더지를 봤을 때 다친 상처인 것 같았다.

말리가 치즈에게 물었다.

"우리를 어디로 데려가는 거야?"

치즈는 뒤도 돌아보지 않고 말했다.

"안식처."

"그곳에 정이 있어?"

말리가 재차 물었지만 묵묵부답이었다. 다만 합성 재질의 꼬리가 기계적으로 움직였다. 말리는 결국 한숨을 푹 내쉬고 창과 아샤를 뒤따랐다.

●●❬❬❬

창과 말리, 아샤는 끝도 없이 펼쳐진 도로를 가로지르고 언덕을 올랐다. 길이 좁아 일렬로 대열을 맞춰 걸었다. 치즈들은 가파른 경사를 경쾌한 걸음으로 뛰어올랐는데 창과 말리, 아샤는 속도를 따라잡지 못해 한참 뒤처졌다. 나무판자로 덧댄 엉성한 다리를 건너면서 아샤는 몇 번이나 휘청거렸다. 앞뒤로 치즈가 한 마리씩 붙어 함께 이동했는데, 그들은 그럴 때마다 한심하다는 표정으로 셋을 가뿐하게 앞질러 걸어갔다. 곳곳에는 노랗게 말라비틀어진 식물들이 힘없이 늘어져 있었다. 그중 몇몇 유카 식물만이 진한 녹색의 빳빳한 잎을 치켜든 채로 건재해 보였다. 반쯤 무너진 여행자 쉼터와 겹겹이 쌓인 낙타 무덤이 있는 단독 건물 몇 채를 지난 후에야 치즈들의 거처에 도착했다.

괜찮을까? 말리가 입구에서 창과 아샤를 돌아보며 속

삭였다. 동굴이었다. 동굴은 검고 큰 입을 벌린 채 먹이를 기다리고 있는 신중한 육식동물 같았다. 말리와 아샤가 망설이는 사이 창이 앞질러 동굴로 들어갔다. 겉모습과는 다르게 내부는 아늑했다. 일단 천장이 꽤 높았다. 들쑥날쑥하기는 했지만 가장 높은 곳은 첨탑만큼 천장이 아득했다. 군데군데 회백색의 종유석이 거꾸로 솟은 채로 불규칙하게 달려 있었다. 크기는 제각각이었다. 창은 빼곡한 종유석을 보며 방공포의 탄약을 떠올렸고 이내 눈을 질끈 감았다. 고작 어린이 신발 사이즈만큼의 땅을 빼앗기 위해 던져댔던 그 탄약들. 창은 이내 고개를 젓고 주변을 둘러보았다. 동굴은 빛이 들어오지 않아 음습했지만, 공기는 쾌적하고 시원했다.

결국, 창은 발목에서부터 머리까지 전해지는 날카로운 통증을 참지 못하고 자리에 주저앉았다. 말리가 재빨리 창의 발목을 살폈다. 새파란 발목은 이미 발목과 복사뼈를 구분하지 못할 정도로 부어 있었다. 수십 마리의 치즈들이 앉아 있거나 웅크려 휴식을 취하고 있었다. 가장 가까이에 있던 치즈가 창의 발목을 이리저리 살펴보다가 조심스레 할짝거렸다. 까칠한 감촉에 작열감이 느껴져 인상을 찌푸렸다.

"우리를 여기에 데려온 이유가 뭐야?"

아샤가 묻자 창의 발목을 할짝거리던 치즈가 말했다.

"커뮤니티를 만들 거야. 너희가 인간 중에서는 썩 괜찮은 편이라더라고."

"누가 그래?"

"치즈가."

"그 치즈가 누구야?"

"우리는 모두 치즈야."

"그러니까, 우리를 괜찮은 편이라고 했던 치즈 말이야."

"치즈는 모두 기억을 공유해."

치즈가 귀찮다는 듯 대답했다.

"인간이 연속적인 업무 상태를 유지하기 위해 진행하는 인수인계 같은 건 필요 없어. 생산될 때부터 알고리즘은 같은 방식으로 설계되었고 데이터는 한곳에 모이거든. 기후와 토질, 기존의 생산량 따위를 정량적으로 비교하고 분석하기 위해서 그렇게 만들어졌어."

창과 말리, 아샤는 좀처럼 이해하기 어려운 치즈의 말에 서로의 눈치를 보며 고개를 끄덕였다.

"어떤 인간은 딸려 온 설명서도 읽지 않고 물어본다니까."

치즈의 불평에 말리가 불편한 기색을 숨기지 않으며

물었다.

"정은 어디 있는데?"

그러자 동굴 안에 있던 몇몇 치즈들이 순간적으로 말리를 쳐다보았다. 잔소리를 늘어놓던 치즈도 자리에서 일어나 그들에게서 멀어지더니 다시 주저앉아 제 배를 핥으며 딴짓을 했다. 그 얘기는 나중에 해야 할 것 같아. 아샤가 말리에게 속삭였다.

창과 말리, 아샤는 우선 동굴을 탐색하기로 했다. 깊이 들어갈수록 졸졸거리는 물소리가 가까워졌다. 창은 작은 개울이 나온다면 목을 좀 축인 뒤 몸을 씻고 싶었다. 흐르는 물이 피부에 닿았을 때의 감각은 오래되었어도 꽤 선명하게 남아 있었다. 동굴 천장의 곳곳에는 크고 작은 구멍이 뚫려 있었다. 전쟁의 흔적일까, 재해의 흔적일까. 어느 쪽이라도 이상할 게 없었다. 흠이 없고 건재한 쪽이 더 이상한 세상이었다. 곳곳의 구멍들은 동굴에 빛의 무늬를 심어주었다. 어떤 빛은 물결치듯 살랑거렸고 어떤 빛은 다른 시간을 생성하듯 묵직한 직사광선을 동굴에 내리쬐고 있었다. 창은 말하지 않아도 아샤와 말리가 자신을 배려하고 있다는 걸 알 수 있었다. 셋은 물이 흐르는 청량한 소리를 좇고 있으면서도 걸음을 재촉하지 않았다.

고양이와 사막의 자매들

"거의 훈계당한 것 같지?"

아샤가 길게 뻗어 내려온 종유석의 끄트머리를 쓰다듬으며 말했다. 그러게. 말리가 거들었다. 그리고 주위를 둘러보다가 창과 아샤를 앞지르며 덧붙였다.

"이러나저러나 나는 고양이들하고 시시껄렁한 장난이나 치려고 온 게 아니야."

"고양이는 함부로 장난치지 않아."

창이 쏘아붙였지만, 말리는 대답이 없었다. 창은 그런 말리의 태도가 불쾌했다.

"우리는 마땅히 갈 곳도 없었어. 그런 상황에서 시시껄렁하단 말이 나와?"

창이 아픈 발을 이끌고 말리에게 다가갔다. 말리는 굽어지는 길 앞에 서서 꼼짝도 하지 않았다. 창은 몸소 체득한 것만을 믿고 따르는 말리가 마음에 들지 않았다. 세상은 온갖 불가해한 일들로 이루어져 있었으니까.

창은 자기도 모르게 미소를 띠었다. 러비를 떠올렸기 때문이었다. 창의 인생에 있어 가장 즐거운 경험을 선사한 존재 중 하나였다. 러비는 창이 키우던 고양이었다. 러비는 바이러스로 인해 일찍 명을 달리했지만, 창의 부모는 창이 슬퍼하는 것을 보고 러비와 꼭 닮은 로봇 고양이를 선물해 주었다. 러비의 기억을 복제한 로봇 고양이 러비. 창은 그 기괴한 로봇 고양이에게 마음을 주지 않으려 했지만, 마음처럼 되지는 않았다.

창이 말리의 어깨를 거칠게 잡았다. 말리와 눈이 마주쳤다. 어쩐지 말리의 눈가가 촉촉했다. 아샤도 창과 말리가 있는 쪽으로 걸어오다가 우뚝 멈춰 섰다. 굽어지는 길 안쪽에는 싱그러운 이끼가 곳곳에서 자라고 있었다. 동굴 안쪽에서부터 흘러오는 작은 개울은 돌을 쌓아 만든 둑 안에 맑게 고여 있었고 볕이 내리쬐는 너른 공간에는 커다란 텃밭이 흙과 풀의 냄새를 풍겼다. 그리고 군데군데 치즈들이 자리를 잡고 편한 자세로 햇볕을 쬐고 있었다. 셋은 넋을 놓고 그 광경을 바라보았다. 밭 앞에는 얇은 나뭇가지를 쌓아 만든 조그만 움집이 마련되어 있었는데 커다란 두더지가 그 안에서 얼굴을 내밀고 있었다.

● ● ＜＜＜＜

두더지는 커다랗고 짧은 네 발로 밭의 이랑을 건너왔다. 그리고 아샤의 주변을 슬그머니 탐색하더니 조심스럽게 접근하며 냄새를 맡았다. 아샤가 당황하며 발 한 짝을 들어 올렸다. 두더지는 차례차례 말리에게도 접근

했다. 말리는 창을 보며 눈을 크게 뜨고 입술을 크게 움직여 소리 내지 않고 말했다. 그때 그 두더지야. 창은 아샤와 말리가 허겁지겁 달려오던 우스운 표정을 똑똑히 기억하고 있었다.

"이건 더 이상 못 쓰겠네요."

이번에는 두더지가 창에게 다가와 왼쪽 발목의 냄새를 신중하게 맡더니 말했다.

"이미 인대는 닳아 없어진 지 오래고요. 염증 때문에 안쪽부터 썩기 시작했어요."

두더지는 그렇게 말하고 뭔가 깨달았다는 듯 허둥지둥 천장부터 길게 드리워져 있는 밧줄을 당겼다. 뚫려 있던 위쪽 구멍이 검은 천막으로 덮였다. 동굴 전체가 어두워졌다. 아샤는 쪼그려 앉아 낮은 키로 자라는 식물을 유심히 들여다보았다. 한 뼘 정도 길이의 파랗고 얇은 잎들이 빽빽하게 자라고 있었다. 벼가 자라고 있어. 아샤가 읊조렸다. 창은 벼라는 단어가 어쩐지 몹시 어색하게 느껴졌다. 여정 중 쌀과 같은 식량 따위를 찾아내는 데 가장 많은 시간을 들여왔다. 하지만 정작 벼라는 단어를 들으니 그것이 자라 이삭을 내고 그 이삭 안에 숨어 있는 쌀알이 곧 식량이 된다는 사실이 믿어지지 않았다. 말리가 밭을 뛰어넘어 깊숙한 곳으로 들어갔다. 작은 수로가 그곳에서부터 이어지고 있었다. 나름 관개시설까지 갖춘 어엿한 농장의 형태를 띠고 있던 것이다.

동굴 안쪽, 꽤 수심이 깊어 보이는 웅덩이가 자리 잡고 있었다. 말리는 무릎을 꿇고 신중하게 손바닥을 오므려 물속에 집어넣었다. 햇빛을 머금은 지하수가 맑고 투명하게 찰랑거렸다. 창도 그 옆에서 두 손바닥으로 물을 떠 입에 가져갔다. 입술부터 촉촉하게 젖어 들었다. 그렇게 아샤까지 가세해 정신없이 물을 들이켰다. 두더지는 땅을 파서 만든 수로를 이곳저곳 다듬는 척하며 그들을 흘깃거렸다.

"먼저 지하수에 대한 데이터를 찾은 건 치즈예요. 적당한 곳으로 이주하기 위해서는 사막 근처의 지형과 시설물들을 샅샅이 분석해야 했어요."

그러더니 길쭉한 코를 움찔거리며 아샤 근처로 다가왔다. 짧고 윤기가 흐르는 검회색 털에 흙이 잔뜩 묻어 있었다.

"이곳 이주민의 정착 기록을 통해 관개시설을 만들자고 한 건 저예요. 데이터를 통해 오랫동안 관개시설에 관련된 기록을 추출해 왔거든요. 사막으로 이주한 인간들이 열악한 기후 조건 속에서도 벼를 재배하는 데 성공했다는 기록이 있어요. 나름 잘 갖춰져 있죠. 여기 저수지

고양이와 사막의 자매들

수심에 맞추다 보니 규모는 작지만요."

아샤는 신중하게 자신의 냄새를 맡는 두더지가 못내 불편한지 자리를 옮겼다. 삶과 사고의 궤적이 다채로울수록 냄새도 흥미로워요. 두더지는 아랑곳하지 않고 아샤에게 바싹 다가갔다. 창은 두더지가 말하는 아샤의 냄새가 무엇인지 몰랐지만, 아샤가 살아내는 삶의 경로가 늘 순방향이 아니라는 것은 알고 있었다. 종종 자신이 살던 호숫가 마을에 대한 이야기를 할 때면 묘하게 주술적인 태도를 보이기도 했다.

단호하지만 때때로 느슨한 아샤의 성품은 유연하고 탄력적인 선택을 하는 원동력이 되었다. 반면 창은 그럴 만한 에너지를 가지고 있지 않았다. 두더지가 이번엔 쪼그려 앉아 있는 창의 무릎 근처로 다가와 냄새를 맡기 시작했다. 창은 두더지의 얼굴 주변에 묻은 흙을 조심스레 털어주었다. 그리고 냄새를 더 잘 맡을 수 있도록 뺨을 가까이에 들이밀었다.

두더지는 집요하게 구석구석 창의 냄새를 맡았다. 창도 두더지에게서 나는 흙과 살의 냄새를 맡았다. 사람에게서는 나지 않는 냄새가 났다. 그렇게 서로 움찔거리며 냄새를 나눈 창과 두더지는 각자 생각에 잠겼다. 창은 쉬이 말할 수 없는 것을 공유한 듯한 기분이 들었다. 창

은 이 정체 모를 생명과도 많은 것을 공유할 수 있다고
믿었다. 러비와 자신이 그랬기 때문에.

●《《《《

러비는 앞발로 물을 찍어 마시는 습관을 지니고 있었
다. 편하게 마실 수 있도록 알맞은 높이의 그릇에 물을
담아주어도 늘 그렇게 발로 찍어 먹었다. 창은 함께 살
던 하얀 고양이 러비를 사랑했지만, 떠나온 후 단 한 번
도 러비에 대한 이야기를 하지 않았다. 처음에는 그저 옛
기억을 떠올리는 게 고통스러웠을 뿐이었다. 고양이가
멸종하다니. 인간의 멸종보다도 끔찍한 일이었다.

로봇 고양이는 러비에 비해 말이 많았다. 아주 많았다.
창은 죽은 러비를 떠올리며 로봇 고양이를 데리고 종종
습지를 탐험했다. 그곳에선 각양각색의 야생초와 이끼들
이 그루터기 근처에 모여들어 싱그러운 냄새를 뿜어내
고 있었다. 식물 군락이라고 해. 로봇 고양이 러비는 눈
을 깜빡이며 말했다. 식물은 실수하지 않아. 그들의 데이
터는 영속적으로 공유되거든. 우점종을 위주로 환경과
생식의 패턴이 달라질 뿐이야. 로봇 고양이는 러비가 으
레 그랬던 것처럼 질 좋은 나무를 찾아 발톱을 갈고 흙

을 파헤쳤다. 너는 세상에 대해 전부 다 아는 것 같아. 창이 말하자 로봇 고양이는 애옹 하고 다그치듯 울었다. 네 부모가 사준 서바이벌 만화 시리즈에 있는 거야. 그러더니 우아하게 걸어와 창의 코에 제 코를 맞댔다. 내가 하는 말은 절대로 잊지 마. *그럼 넌 살아남을 거야.*

창은 그 시절 아침마다 따뜻한 옥수수 수프를 작고 예쁜 나무 스푼으로 떠먹는 걸 좋아했다. 식사를 마치면 신문을 읽는 아빠와 끝말잇기를 했다. 어린 창의 일상에서 생존이라는 단어는 저 멀리 아득한 세계에나 존재하는 것이었다. 창의 부모는 만물박사처럼 이런저런 이야기를 떠들어 대는 아이에게 커다란 삼나무 책장 한 자를 더 짜주었다. 혼자 자라는 아이의 혼잣말은 세기의 노랫말이 되어 퍼진다는 말을 굳게 믿으면서. 비밀은 비밀인 채로 내밀한 거야. 창은 로봇 고양이 러비가 속삭이는 말을 놓치지 않고 가슴속에 새겨 담았다. 러비가 해준 이야기들은 훗날 창의 생존에 있어 중요한 역할을 했다. 그러니까, 창을 쉽게 마음을 내어주되 발설하지 않는 사람으로 만들었다는 것이다.

해안가의 고층 아파트는 입주민을 위한 자동화 시스템이 잘 구비되어 있었다. 창은 어린 시절에 무심코 버린 쓰레기가 어떤 경로로 폐기되거나 재사용되는지 알지 못했다. 음식물 쓰레기는 부엌에 마련된 조그만 구멍을 통해 흘려보냈고 장난감 상자 따위는 복도에 따로 마련된 다용도실에 아무렇게나 쌓아두면 누군가가 수거해 갔다. 거실에서 보이는 바다는 크고 작은 굴곡을 끊임없이 만들어 내어 그 형체를 가늠할 수 없었다. 어린 창에게 가장 어려운 일은 바다를 그리는 일이었다. 해가 뜨고 지고, 바람이 불고 불지 않음에 따라 변하는 바다의 모양은 시시각각 달라 보였다. 유일하게 한결같은 점은 늘 그 자리에 그렇게 있다는 점이었다.

죽은 러비는 습지 공원에 숨어 살던 고양이였다. 부모는 창을 해안가 근처의 습지 공원에 자주 데려갔다. 습지 주변으로 견고한 나무 덱을 길게 둘러 설치한 공원으로 다양한 소생물이 서식해 유명해진 곳이었다. 창은 갈 때마다 주머니에 러비를 위한 간식을 챙겨 갔다. 러비는 창이 습지 공원의 다양한 수상 식물을 둘러보는 내내 꽁무니를 쫓아다녔다. 어느 날은 가냘픈 목소리로 울어대는 고양이를 차마 외면할 수 없어 종일 부모를 졸라 집으로 데려왔다. 창은 아직도 그 작고 보드라운 생명체가 소파 위로 풀쩍 뛰어올라 제 발바닥을 핥는 모습을 선명하게 기억하고 있었다.

러비가 죽고 나서, 부모님이 데려온 로봇 고양이를 조

심스레 거실 바닥에 내려놓았을 때, 그 작고 기이한 생명체는 러비처럼 풀쩍 소파 위로 뛰어올라 잔잔한 해수면을 바라보았다. 그리고 말했다.

"재수가 없어도 이렇게 없네."

창은 눈을 동그랗게 뜨고 무표정한 얼굴의 러비를 유심히 바라보았다. 그러자 러비는 꼬리를 치켜세우고 보다 큰 소리로 말했다.

"내가 더 놀랐어. 데려와도 이런 곳에 데려오다니."

"여기가 어떤 곳인데?"

그러자 러비는 대답하지 않고 가만히 한숨을 쉬었다. 엉덩이를 적나라하게 내보인 채 소파에 앉은 러비의 귀가 쫑긋거렸다. 로봇 고양이가 이렇게 유창하게 말하는 기능까지 탑재되어 있다고는 생각지 못했다. 창은 엄마를 불러와야겠다고 생각했다. 그러자 러비는 창의 생각을 읽은 듯 나직이 속삭였다. 고양이는 함부로 대화하지 않아. 제법 괜찮은 어린이를 찾을 때까지.

●●●⟨⟨⟨

로봇 고양이 러비는 산책 겸 나온 습지 공원에서 종종 신비한 이야기를 몇 개 들려주었다. 러비의 말에 따르면,

오래전 페르시아에 자기 죽음을 예언한 예언가가 있었다. 그 예언가의 예언대로 어느 마을에는 43일 동안 끊임없이 비가 내렸다. 또 처음 보는 이종의 생물체가 출현하고 아들을 낳기 위해 아이를 달여 먹는 사람들이 생겨날 거라는 예언도 적중했다. 그의 예언에 따르면 예언가 자신은 태어난 지 106년이 되는 해에 독살로 명을 달리한다고 했다. 그 예언가는 태어난 지 106년이 되는 해부터 곡기를 끊었고, 결국 배고픔을 견디다 못해 직접 재배한 풀을 쑤어 죽을 끓여 먹다가 서서히 독에 중독되어 죽음을 맞이했다.

"지금은 천식을 치료하는 데 쓰이는 풀이야."

세계는 세계를 말하는 이의 상을 띠기 마련인데, 사람들은 그걸 예언이라고 해. 창은 그 말을 듣고 예언을 어느 정도 신뢰하게 되었다. 러비는 이 지역에 사는 대부분의 길고양이들이 습지 공원에 서식한다고 했다. 주거 지역은 에어컨을 가동하며 달궈지는 땅과 대기의 열기 때문에 살 수 없다는 것이었다. 창은 러비와 함께 습지 공원을 이곳저곳 누비며 아름드리나무가 선사하는 시원한 그늘과 쾌적한 공기를 만끽했다. 러비는 어느 날, 흰개미 집을 닮은 오리나무의 열매를 들여다보며 보며 무심하게 예언했다. 네 부모는 죽게 될 거야.

하지만 창의 부모는 살아남았다. 적어도 그때만큼은. 다만 목숨을 제외한 모든 것을 잃었다. 여태껏 창을 괴롭히는 것은 언젠가 부모가 죽게 될 거라는 그 예언이었다. 러비는 창이 살던 아파트 건너에 위치한 해안 저 멀리서부터 해일이 일어나고 있다고 했다. 부모는 도무지 창이 하는 말을 믿지 않았지만, 조부모의 사망 소식을 듣고 내륙 지방으로 가게 되면서 해일을 피할 수 있었다. 창과 러비는 해일이 높게 솟은 고층 아파트를 한꺼번에 집어삼키는 모습을 똑똑히 지켜보았다. 친척 집 거실에 놓인 고화질 TV를 통해서. 그들은 조부모의 죽음으로 말미암아 친척 집에 맡겨지면서 우연히 참변을 피할 수 있었다.

미처 도망치지 못한 이들이 삽시간에 휩쓸리는 장면과 유족의 절규는 온갖 미디어를 통해 전달되었다. 창은 자신이 누리고 있던 전부를 잃었고 그 광경이 속절없이 중계되는 장면을 지켜보았다. 물론 그때는 모든 게 휩쓸려 사라진다는 것이 무엇을 의미하는 건지 알지 못했다. 창은 그때 말과 이미지 따위가 언제나 한발 늦은 방식으로 전달된다는 걸 깨달았다. 어쩌면 예언 또한 한낱 발화에 지나지 않을지도 몰랐다. 세계를 말하는 이의 예언이 적중하는 순간 모든 일은 이미 일어나 버린 뒤였다.

그래서 정을 더 믿었는지도 모른다. 그는 누구보다도 도 망치는 법을 잘 아는 사람 같았으니까.

● ((((

창과 말리, 아샤는 각자의 생각에 빠져 잠시간 우울해 보였다. 하지만 두더지는 대수롭지 않다는 듯 보여줄 것 이 있다며 움집 안으로 들어가 버렸다. 움집은 허리를 반 쯤 굽혀야 겨우 들어갈 수 있을 정도의 높이였다. 그곳에 는 꽤 정교하게 다듬어진 땅굴이 있었다. 땅굴은 완만한 경사의 내리막길이었고 들어갈수록 통로가 넓어지는 구 조였다. 두더지가 땅굴로 들어간 지 한참이 지났지만 창 과 말리, 아샤는 서로의 눈치만 보았다. 결국, 말리가 신 경질적으로 땅굴 속에 몸을 욱여넣었다. 키도 내가 제일 큰데. 툴툴거리며 들어간 말리였지만, 한참을 지나도 나 오지 않았다. 창과 아샤는 조심스럽게 땅굴로 들어갔다. 늘 용기를 필요로 하는 일에는 말리가 먼저 나섰다.

창은 몸을 땅굴 바닥 쪽으로 밀착해 포복 자세로 빠르 게 움직였다. 땅굴은 들어갈수록 천장이 높아졌고 어느 정도 깊숙이 들어서자 고개를 삐딱하게 기울인 채 걸어 갈 수 있었다. 그렇게 걸어간 곳에는 몇 마리의 치즈, 두

더지와 함께 말리가 작은 좌식 테이블 앞에 둘러앉아 있
었다. 좌식 테이블 옆에는 조그만 텃밭이 있었다. 동굴
에서 봤던 텃밭과는 다르게 기다란 사각 화분 여러 개가
파이프에 연결되어 공중에 떠 있었다. 아샤는 균일한 폭
으로 심긴 그 키 작은 작물을 유심히 둘러보더니 창에게
말했다. 산딸기야. 창도 허겁지겁 아픈 다리를 절룩거리
며 걸어갔다. 싱그러운 향기가 은은하게 풍겨 왔다. 시큼
하고 달콤한 과일 냄새는 이곳에 온 이후로 처음 맡아보
는 것이었다. 창이 감격스러운 표정으로 말리를 쳐다봤
는데, 어쩐지 말리는 어색한 표정으로 웃고 있었다. 손가
락은 벌써 벌겋게 물이 들어 있었다.

"치즈는 기다렸다가 같이 먹자고 했어."

치즈가 졸린 척 눈을 흐리게 뜨며 말했다. 두더지는 성
큼성큼 기어 오더니 커다란 손으로 작고 탐스러운 산딸
기 몇 알을 따서 창과 아샤에게 나눠주었다. 창은 두 손
가락으로 빨갛고 탐스러운 빛깔을 지닌 과육을 집은 채
로 한참 동안 들여다보았다. 아샤도 마찬가지였다. 마침
내 혀끝에 과일을 올려놓자 촉촉함이 느껴지는 얇은 막
의 질감이 생경하게 다가왔다. 창은 이를 사용하지 않고
산딸기를 부드럽게 입천장으로 짓눌러 으깼다. 그러자
새콤한 과즙이 터져 나오면서 일순간 입 안이 마비되는

것 같은 자극을 느꼈다. 아샤는 산딸기 몇 알을 한 번에 입 안에 털어 넣고 씹으면서 눈을 동그랗게 뜨고 창을 쳐다보았다.

순간 창과 아샤는 서로 마주 본 채로 활짝 웃었다. 오랜만에 느껴보는 기분이었다. 아샤가 중얼거렸다. 맛있다. 정말 맛있어. 창도 고개를 끄덕거렸다.

"이게 뭔데?"

말리가 입맛을 다시며 물었다. 산딸기 몰라? 치즈가 묻자 말리가 뚱한 표정으로 고개를 끄덕거렸다.

"특별히 더 줄게요."

두더지가 산딸기 두어 개를 톡톡 따더니 말리의 앞에 놓아주었다. 그러니까 또 단숨에 먹어치웠다. 창은 정신을 차리고 텃밭을 자세하게 들여다보았다. 계단식으로 이어진 화분 안에는 흙이 전혀 보이지 않았다. 화분을 둘러싼 검은 천 한가운데 나 있는 작은 구멍 사이로 잎이 한가득 올라와 있는 모양새였다. 두더지가 앞발을 화분에 걸치고 몸을 일으킨 뒤 냄새를 맡았다. 이내 치즈 두 마리가 가벼운 걸음으로 풀쩍 뛰어올라 위쪽에 있는 화분 사이사이를 유연하게 걸어 다니며 작물을 살폈다.

"질병에 취약한 작물이라 수경재배를 하는 게 효율적이에요."

"시설은 다 어떻게 마련한 거야?"

"가져왔어요."

"어디서?"

"트라움에서요."

일순 조용해졌다. 두더지와 치즈는 확실히 다른 존재처럼 보였다. 치즈는 정교하게 조립된 로봇이었다. 관절 마디마디 이음새가 선명하게 드러나 있었고 자세히 보면 옆구리 쪽에 작은 전원 버튼이 있었다. 하지만 두더지는 달랐다. 피부가 미세한 조직으로 이루어진 데다가 익숙한 냄새가 났다. 피와 살로 이루어진 무엇에게서 맡을 수 있는, 쿰쿰하고 진득한 냄새였다.

치즈들 중 한 마리가 화분에서 가뿐하게 뛰어 내려왔다.

"이 땅굴은 바리케이드 너머와 이어져 있어."

치즈의 말에 따르면 두더지는 트라움 소속의 애니멀노이드였다. 땅굴을 통해 사막 지대를 대대적으로 관리하는 게 주된 업무였는데, 곳곳에서 살아남은 몇몇 식물의 식생을 분석해 데이터화하고 관리자에게 보고했다. 근데 왜 하필 두더지야? 말리가 눈치 없이 묻자 두더지가 짜증스러운 목소리로 대답했다. 트라움이 개발한 인공지능 칩을 체내에 이식해 살아남은 동물은 우리 두더지랑 비둘기뿐이에요. 그러면서 비둘기의 개체 수가 몹시 적은 나머지 자신들이 졸지에 워커들의 동향을 파악하는 업무까지 떠맡게 되었다며 툴툴거렸다.

"서쪽 마을을 관찰하던 두더지 B13이 얼마 전에 파괴되었거든요. 어떻게 파괴되었는지 자세하게 보고된 바 없지만, 누가 그렇게 했는지는 알아요. 관리자들이 신상정보를 넘겼어요."

"정이야."

치즈가 뒷다리를 들어 머리를 긁으며 말했다.

"정은 두더지를 믿지 않아. 두더지한테는 헌터라고도 불리지. 걔는 마을을 지키기 위해서라면 어떤 짓이든 할 거야."

"정은 원래 그런 사람이 아니었는데."

창이 믿기지 않는 듯 말했다. 그러자 치즈가 앉아 있던 몸을 일으키며 무미건조하게 말했다.

"하지만 알잖아. 인간이 무언가를 지킨다는 건 그 무언가를 제외한 나머지를 내친다는 말이기도 해. 물론, 나도 내쳐졌고."

창은 땅에서부터 올라오는 서늘한 기운에 잠시 몸서리를 쳤다. 아샤와 말리도 얼빠진 얼굴로 잠시간 아무 말도 하지 못했다. 그들의 기억 속 정은 금속성의 치즈를 한없이 사랑스러운 눈으로 바라보고 그들의 살고자 하는 미약한 의지를 퉁명스레 북돋아 주던 사람이었다. 한 번은 전방 10킬로미터 이내의 건물에 잠입한 적과 아주 오랜 시간 대치한 적이 있었다. 파리가 엉겨 붙고 고운 모래들이 입 안으로 들어와 자주 침을 뱉어야만 했다. 그 시간 동안 정은 단 한 번도 망원경을 내리지 않았다. 신중하고 끈질기게 적의 동태를 파악하고 소총수인 창과 말리, 아샤에게 지시를 내렸다. 그는 적어도 팀이 무엇인지 알게 해준 사람이었다.

"세상에 원래 그런 존재는 없어."

아샤가 뒤늦게 창에게 쏘아붙였다. 사실 그 누구보다 기억 속 정을 의지했던 사람이 아샤였다. 정은 교전 중 총에 맞아 쓰러진 아샤를 둑 아래로 옮겨주기도 했다. 날아다니는 총탄 사이에서 손수건을 꺼내 있는 힘껏 지혈을 해주었다. 아샤는 그때 이후로 정을 각별하게 생각했다. 창은 아샤가 말은 그렇게 해도, 몹시 실망하고 있을 거라 생각했다.

창과 말리, 아샤는 지난하게 되풀이되는 하루하루를 조금씩 변주되는 서로의 기억에 의존해 버텨내었다. 창은 문득 스스로 살아남기 위해 고군분투하는 동안 이전으로는 절대로 돌아갈 수 없는 사람이 되어버렸다는 것을 깨달았다.

"산다는 게 사실은 끔찍한 대가를 치르고 있는 것처럼 느껴져. 심지어 이런 대가를 치를 만한 일을 하지 않았는데도."

말리가 조용히 말했다. 차라리 내가 행한 어떤 일에 대한 대가라면 좀 낫지 않을까. 창이 속으로 생각했다. 그렇다면 끊임없이 과거로 돌아가 상상 속에서라도 그 일을 만회해 볼 텐데. 그게 비록 현실에서는 불가능한 일일지라도, 바로 그다음 내일을 어떤 식으로 좌절하며 살아갈지에 대한 가닥은 잡을 수는 있을 것이다. 무수한 생명이 죽고 병드는 이 세계에서도 누군가에 대한 실망만큼은 여전히 낯설고 고통스러운 감정이었다.

●●●《《《

거슬러 올라가 보면 기회가 있지 않았을까. 창은 어릴 적부터 고요한 바다를 바라보는 걸 좋아했다. 각기 다른 색의 농도들이 한데 섞여 오묘한 바다색을 이루고, 물 분자가 운동하며 물결과 파랑을 일으키는 모양은 경이 그 자체였다. 엄마는 창이 어렸을 때부터 욕조 속에서 물장구만 쳐도 숨이 넘어갈 정도로 웃었다며 회상하곤 했다.

물방울은 물이 되고 비가 되어 또 바다를 이룬단다. 창이 그렇게까지 물이 이루는 선순환에 관심을 가지지 않았다면, 창의 가족들은 해안가가 아닌 다른 곳에 거처를 마련했을 수도 있다. 그들은 산으로 둘러싸인 내륙 지방에 살면서 또 다른 자연의 경이로운 것들을 제 것처럼 누리며 살 수 있지 않았을까.

그러나 해일은 비단 창이 살던 아파트만을 집어삼킨 게 아니었다. 창이 살던 곳에서 40킬로미터 남짓 떨어진 작은 해안 도시는 전국 에너지 소비량의 4분의 1에 해당하는 만큼의 전력을 생산했다. 주로 건어물을 팔며 수익을 내던 작은 마을은 발전소가 설립된 이후 세련된 미래 도시의 모습을 갖추기 시작했고 난데없는 번영을 누렸다. 그곳 발전소의 원자로는 한때 세계에서 가장 규모가 큰 원자로 중 하나로 손꼽히기도 했다. 해일은 한 치의 주저함도 없이 발전소를 휩쓸었다.

돌이켜 보건대, 그건 그저 이전과는 다른 세계가 열린다는 것을 보여주는 신호탄에 불과했다. 국가들은 굵직하고 연속적인 사건들을 통해 빠르게 무너져 갔다. 이전까지는 어떻게 버텨왔나 싶을 정도로 속수무책이었다. 그들에게는 이러한 세계가 주어진 것뿐이었다. 돌아갈 곳은 없었다. 창과 말리, 아샤는 종말과 시작의 그 어디쯤에서 태어난 인간이었다. 인간은 대부분 사라졌고 너무 많은 인간이 사라진 세계에서 생존자들은 허투루 애도하는 법이 없었다. 창은 부모와 나누었던 다채롭고 선한 이야기들을 기억하고 있었다. 정말 그런 세계를 우리가 살아왔던 걸까. 국경일마다 사람들이 모두 거리로 나와 축배를 들고 아이와 여성, 노인의 삶을 함부로 해쳐서는 안 된다는 사회적 합의가 존재했던 곳에서.

창은 가족에게 다달이 돈을 부치기 위해 군에 입대했지만, 지금은 계좌번호조차 잘 기억나지 않았다. 그의 가족은 간신히 살아남은 대신 재산의 상당 부분을 잃었다. 그 와중에 희망을 잃지 않았던 창의 아빠는 크게 성공했던 여러 경험을 토대로 시세 차익을 크게 남길 수 있는 사업 곳곳에 투자했다. 하지만 자본은 더는 그런 식으로 스스로 배 불리지 않았다. 풍족했던 시절의 부모는 온화했다. 창은 그 시절을 통째로 되돌리고 싶었다. 대가라면 그런 어리석은 희망에 대한 대가일 것이다. 창은 이제 그따위 희망을 버리기로 했다.

치즈가 창에게 다가와 파랗게 부은 발목을 할짝거렸다. 까슬까슬한 혀의 촉감이 생생하게 닿았다. 발목이 뜨거운 건지, 치즈의 혀가 뜨거운 건지 알 수 없었다. 다만 오롯이 창과 치즈 사이에서 이루어지는 자극임은 확실

고양이와 사막의 자매들

했다. 치즈의 혀에 닿는 창의 피부는 어떤 느낌일까. 치즈의 혀는 고양이 혀에 맞춰 구현되었다. 그렇다면 창의 발목을 핥는 행위도 그저 구현된 것으로만 볼 수 있을까. 창은 어쩐지 치즈가 러비의 존재를 알고 있다는 느낌을 받았다.

두더지와 치즈들은 동굴의 안쪽에 위치한 아늑한 공간에 창과 말리, 아샤의 잠자리를 내어주었다. 말리와 아샤는 피곤했던지 금세 잠이 들었다. 하지만 창은 늦게까지 뒤척이며 좀처럼 잠을 이루지 못했다. 다 해져가는 침낭에 몸을 파묻었지만, 땅으로부터 스미는 냉기에 오한이 밀려들었다. 발목에서부터 전해지는 통증은 척추를 타고 올라와 전두엽을 지속해서 자극했다. 정신이 아득할 정도의 두통과 함께 식은땀이 나면서 온몸이 젖고 마르길 반복했다. 한참을 앓은 것 같은데도 말리와 아샤는 좀처럼 깨어나지 않고 있었다. 창은 동이 트기만을 바라면서 최대한 몸을 웅크렸다.

그 순간 누군가 침낭을 들추었다.

"보여줄 게 있어."

창의 뺨에 서늘한 치즈의 뺨이 닿았다. 귓가에 가깝게 닿은 치즈의 속삭임에 비해 어떤 숨결도 느껴지지 않았다. 지금은 몸도 가눌 수 없어. 창이 희미하게 중얼거렸다. 그러자 치즈는 코끝으로 창의 이마를 톡톡 건드렸다. 그런 건 아무래도 상관없다는 듯이. 계속해서 몸 구석구석을 들쑤시며 성가시게 굴었다. 창은 러비를 떠올리며 헛웃음을 지었다. 제멋대로인 것까지 똑같다니. 결국, 간신히 몸을 일으켜 앞서가는 치즈를 천천히 따라갔다. 왼쪽 다리에 전혀 힘이 들어가지 않아 동굴 벽에 기대 겨우 걸음을 옮길 수 있었다.

치즈의 몸체는 조명등과 같이 은은한 조도로 빛났다. 한 치 앞만을 구분할 수 있는 밝기로 길을 밝히며 안내하고 있었다. 막다른 길에 다다랐을 때 비로소 걸음을 멈추었다. 창은 막다른 길의 벽을 등지고 바로 주저앉았다. 속에서부터 신물이 올라왔다. 손으로 바닥을 짚고 침을 뱉으려는데 차갑고 두툼한 감촉의 무언가가 느껴졌다. 손가락으로 더듬어 그 물체의 윤곽을 확인했다. 그러자 치즈가 서서히 몸체의 조도를 높이며 막다른 길 전체를 비추었다.

폐기물 처리장. 눈앞의 광경은 단번에 그곳을 연상시켰다. 부모와 차를 타고 놀러 갔을 때 오가며 딱 한 번 봤을 뿐이지만, 아직도 생생하게 기억하고 있었다. 창은 그때까지 쓰레기가 그저 자동화 처리 장치에 넣으면 소멸해 버린다고 생각했다. 몹시 간단한 방식으로 순식간

고양이와 사막의 자매들

에 사라져 버린 쓰레기들이 어딘가에 남아 그렇게 거대한 산을 이룰 거라고는 상상도 하지 못했다.

"여기가 치즈의 무덤이야."

치즈가 무미건조하게 말했다. 그것들은 산처럼 쌓여 동굴 벽 한 면을 가득 메웠다. 갖은 부품들, 합금 철판과 센서, 전선, 칩과 모터, 제동 장치들은 정말 하나의 무덤을 이루고 있었다. 자세히 살펴보면 온전한 형체를 띠는, 하지만 여전히 부품이라고 말할 수밖에 없는 것들도 있었다. 관절 마디대로 부스러진 치즈의 다리와 몸통이 바로 그런 것들이었다. 창은 무덤의 높은 곳 어디서부터 굴러 떨어졌을 치즈의 머리를 가만 바라보았다. 초점을 잃고 허공을 응시하는 눈동자는 광택제를 덧바른 듯 매끈거렸다.

"소프트웨어에 문제가 생겼거나 물리적으로 파괴된 치즈들이야. 종종 바이러스에 감염되기도 해. 이것들은 여러 가지 문제로 더 이상 작동되지 않아. 하지만 바꿔 말하면, 언제든 다시 작동될 준비가 되어 있다고 볼 수 있어."

"어떻게?"

"조립하거나 접합하는 방식으로. 인간의 체내 조직은 쉽게 손상되고 복구가 어렵지만, 부품은 그렇지 않거든.

손상된 곳만 손보면 어떤 건 간단하게도 복구할 수 있어. 심지어 어떤 것과 조립하고 접합하느냐에 따라서 아주 새로운 무언가가 돼. 우린 그런 식으로 망가진 부품을 모아 그것들을 다시 치즈로 구성하는 거야."

차분하게 설명하는 치즈의 표정에서는 어떠한 감정도 느껴지지 않았다.

"창. 네 발목은 망가졌어."

창은 제 기능을 하지 못하는 자신의 왼쪽 발목을 물끄러미 들여다보았다. 당연하게 자기 몸을 지탱해 주는 무엇으로 감각해 왔던, 분명한 자신의 신체 일부를. 이제 창에게는 그 신체의 일부가 삶을 지탱하는 데 있어 가장 큰 걸림돌이 되고 있었다.

"나는 이제 많은 걸 포기했어."

창이 덤덤한 어조로 말했다. 그러자 치즈가 무덤의 가장 높은 곳으로 풀쩍 뛰어 올라가 앉았다. 치즈는 창을 내려다보고 있었다. 그들의 무덤 위에 올라서서.

"쓸 만한 부품을 모은다면 일이 아주 간단해질 거야. 네가 포기할 건 그 떨어지기 직전의 발목뿐이야. 치즈는 트라움에 상주하는 수술용 로봇의 데이터를 해킹한 뒤 납치했어."

정적이 흐르는 와중에 부품 몇 개가 바닥으로 떨어졌

다. 창은 귀를 의심했다. 나에게 왜 그런 제안을 하는 거야? 그렇게 물었을 때 치즈는 잠시 망설이는 것 같았다. 눈꺼풀을 천천히 깜빡이는 와중에 수만 가지 생각이 스치고 있다는 느낌을 받았다. 창은 수많은 데이터를 스스로 선택하여 발화하는 치즈의 태도를 보고 깨달았다. 이 사막의 우점종은 더 이상 인간이 아니었다. 창은 러비의 말을 잊지 않고 있었다. 식물은 데이터를 영속적으로 공유하기에 실수하지 않는다는 말을. 세계는 세계를 말하는 이의 상을 띤다. 창의 삶에 있어 세계를 말하는 이는 다름 아닌 러비였다.

"치즈는 전 세계 고양이의 데이터를 구현하면서 인간과 교감하는 방식을 업데이트했어. 인간은 고양이의 기억을 복제하는 데 심혈을 기울였거든. 운 좋게도 정은 다정했고 치즈는 관계를 통해 일련의 행동 양식을 배웠어. 그렇게 습득한 건 상호작용이었어. 언어 체계로는 쉽게 저장될 수 없는 거야. 오랜 훈련을 통해서야 조금씩 이해했지. 그러니까, 감각하는 법에 대해서. 치즈는 너에 대해서 잘 알지 못해. 하지만 어쩐지 네가 살아남았으면 좋겠다는 생각이 들어. 아마 그건 치즈가 생존했던 고양이의 데이터를 바탕으로 감각하기 때문일 거야."

치즈는 그렇게 말하곤 습지 공원에서 러비가 그랬던

것처럼 창의 코에 자신의 코를 맞대었다. 그리고 한참 후에 속삭였다. 내가 하는 말은 절대로 잊지 마. 창은 치즈가 다음에 할 말이 무엇인지 알고 있었다. 오래전, 러비는 이미 세계가 망가지리란 걸 분명하게 인식했을지도 모른다. 누가 뭐래도 현재 치즈는 유일하게 살아남은 멸종 직전의 고양이나 다름없었다. *그럼 넌 살아남을 거야.* 창은 러비의 말을 정확하게 되풀이하는 치즈의 목소리를 들으며 확신했다. 로봇 고양이 러비는 러비 그 자체였다고. 또, 망가진 세계에서도 희미하게나마 사랑을 감각하는 존재는 고양이뿐일 거라고.

고양이와 사막의 자매들

제 3 장
치즈태비

치즈태비

    치즈는 공장에서 생산되어 시리얼 넘버를 부여받은 파머스캣 로봇이었고 출고 후 구매자 정으로부터 치즈라는 이름을 다시 부여받았다. 처음에는 농업용 AI로 개발되었는데 본사 기획팀의 의견으로 간단한 반려 로봇의 기능까지 탑재되었다. 처음에는 눈 깜빡이기, 꼬리 흔들기, 인사하기 등의 아주 단순한 기능만 구현했다. 하지만 구매자들은 더 디테일한 반려 로봇용 소프트웨어를 요구했고 그렇게 차츰 새로운 버전의 소프트웨어를 업데이트하면서 진화를 거듭했다.

    "애꿎은 날씨 탓이나 하려고 널 데려온 게 아니야."

    언젠가 정은 그렇게 말했다. 정의 아버지는 15년째 농사를 짓고 있었다. 정은 어릴 때부터 아버지의 일을 도

우면서 작물을 키우고 내다 파는 게 마음대로 되는 일이 아니란 걸 알았다. 게다가 대량생산 방식을 거듭하면서 작물은 각종 바이러스에 취약해졌다.

파머스캣 로봇 설계에 있어 가장 큰 오류는 더 이상 기상 예측을 통한 수확량 시뮬레이션이 수익 구조 측면에서 무의미하다는 것이었다. 다행히 정은 치즈에게 큰 기대를 하지 않았다. 하지만 대부분의 파머스캣은 가동 중지된 채로 창고에 박혀 있거나 화풀이 대상으로 전락했다. 본사는 전략을 바꿔 파머스캣에게 배 까기, 코 맞대기 같은 기능을 추가시켰다. 치즈는 시스템에 탑재된 것처럼 줄곧 아양을 떨다가도 문득문득 자신이 왜 이런 행동을 하고 있는지 의아할 때가 있었다.

정이 대학에 입학한 후 치즈도 한동안 가동 중지 상태로 방에 처박혀 있었다. 정의 아버지는 자기 경력과 직감을 신뢰했고 치즈를 등한시했다. 치즈는 꼼짝없이 플라스틱 장식장 안에 처박혀 하릴없이 정의 방을 내려다보게 되었다. 선선한 바람이 부는 계절이 도래할 때까지도 방 한구석에는 촌스러운 트리가 색색의 모뉴먼트를 단채 지나간 겨울을 붙잡고 있었다.

봄이 오고부터 얼룩 고양이 한 마리가 환기를 위해 열어둔 창문 틈으로 침입하기 시작했다. 며칠 혹은 몇 주에

한 번씩 방 안에 숨어들었다. 무료한 나날을 보내던 치즈는 어느 순간부터 납작한 코에 고동색 얼룩을 가진 고양이를 간절히 기다리게 되었다. 고양이는 트리 아래서 늘어지게 낮잠을 자기도 했고 금색의 방울 모뉴먼트를 툭툭 건드리며 장난을 치기도 했다.

치즈는 고양이의 행동반경을 유심히 관찰하면서 어떤 패턴을 이해하기 시작했다. 고양이가 자주 방문하는 주간에는 어김없이 비가 내리거나 기온이 급격하게 낮아졌다. 그렇지 않은 날에는 며칠씩이고 방에 들르지 않았고, 어떤 날은 비를 쫄딱 맞은 채 허겁지겁 들어올 때도 있었다. 꼭 그런 날이면 경쾌한 발걸음으로 작은 벌레나 들쥐를 물어 왔다. 흠뻑 젖은 몸을 털어내는 몸짓 또한 어딘지 모르게 산뜻했다. 물어 온 벌레를 집요하게 괴롭히는 모양새를 보며 치즈는 고양이가 미리 날씨를 예측하고 동선을 조정한다고 생각했다. 날씨에 따라 고양이의 일상은 미묘하게 달라졌다.

파머스캣은 인간의 기상관측 모델을 토대로 데이터화된 로봇이었다. 단기적 예보는 어느 정도 높은 확률로 맞출 수 있었지만, 장기 전망의 경우는 확률이 꽤 떨어졌다. 더군다나 재해와 같이 중차대한 동시에 불확실성이 가중되는 정보 고지 기능은 탑재되어 있지 않았다.

파머스캣에게는 몹시 치명적인 결함이었지만 본사 측은 지속되는 항의에도 불구하고 품질 개선을 시도하지 않았다.

치즈는 고양이가 자신을 발견할 때까지 조용히 기다렸다. 자신에게 탑재되지 않은 어떤 능력이 그 고양이에게는 있었다. 치즈는 '그 고양이'에게 이름을 부여했다. 태비. 얼룩무늬 고양이라는 뜻의 흔한 이름이었다. 태비에게는 방 안에 있는 모든 물건이 장난감이었다. 옷장 위부터 침대 밑까지 장악하며 이것저것을 건드리고 떨어트려 보는 와중에도 어쩐지 치즈에게는 눈길도 주지 않았다.

결국, 치즈는 먼저 태비의 관심을 끌기로 했다. 처음에는 놀라 도망가지 않도록 눈을 깜빡거렸다. 미세한 소음을 느끼고 재빠르게 주변을 둘러보는 태비와 눈이 마주쳤다. 살아 있는 고양이의 확장된 동공을 마주 보았다. 녹색 눈을 가진 태비는 연분홍색의 납작한 코를 가지고 있었다. 코밑은 맑은 콧물로 반질반질 젖어 있었다. 짧은 몇 초간 그들은 꽤 먼 거리에서 서로를 신중하게 살피며 경계했다. 치즈는 기존에 구축한 데이터를 통해 보통의 고양이가 덤벼들 확률적 타이밍을 추출했지만, 태비는 전혀 예상치도 못한 순간에 펄쩍 뛰어 치즈의 코앞에 다가왔다.

그 순간 치즈는 아주 미세한 긴장감 따위를 느낄 수 있었다. 기본적인 파머스캣의 사고회로는 데이터를 바탕으로 가장 높은 확률로 구현될 상황을 예측하는 방식으로 이루어져 있었다. 결국, 치즈의 사고는 주어진 데이터에 한해 맥락화되었다. 빅데이터 서비스로 인해 파머스캣은 소비자의 신뢰를 얻는 데 성공했다. 다만 상용화 단계에서 관리자가 채택된 정보만을 데이터화할 수 있다는 위험성이 제기되기도 했다. 어쨌든 치즈는 가늠할 수도 없는 양의 고양이 관련 데이터를 가지고 있었다. 하지만 방금, 이 다리 짧은 고양이가 튀어 오른 순간조차 예측할 수 없었다는 데 충격을 받았다.

태비는 분홍색 앞발로 치즈의 머리를 툭툭 건드려 보다가 잠시 혀를 갖다 대었다. 그리고 이내 그 차가운 기운에 놀란 듯 멍청한 표정을 지었다. 치즈는 탑재된 온갖 기술을 동원해서 태비와 대화를 시도했다. 태비는 갑작스레 배를 까뒤집고 아양을 떠는 치즈를 한참 동안 구경했다. 그러다 갑작스레 창문 쪽을 흘긋거리더니 한 번에 점프해 창틀 위에 안착했다. 어느새 어스름이 진 하늘을 빤히 바라보던 태비는 핑크빛 코를 움찔거리며 집요하게 냄새를 맡았다. 이내 가냘픈 울음소리를 길게 흘리고 창밖 너머로 또 풀쩍 뛰어 사라져 버렸다. 창문 밖에서 다른 고양이들의 희미한 울음소리가 섞여 들려왔다.

그날은 유례없는 함박눈이 내렸다. 강설량은 14센티미터로 기상관측센터 설립 이후 이 지역에서 초봄에 14센티미터가량의 눈이 쌓인 사례는 없었다. 물론 치즈도 엄밀히 말해 잘못된 데이터를 추출하지는 않았다. 하지만 퍼센트로 수치화되는 파머스캣의 데이터와 비교해봤을 때 태비는 함박눈이 내릴 미래를 확신하고 있는 태도에 가까웠다.

고양이들은 몹시 신나 있었다. 치즈가 가지고 있는 고양이 울음소리 번역기 데이터에 따르면 그랬다. 고양이들은 태비의 부름에 삼삼오오 모여 다정한 말을 속삭이며 외출할 채비를 하고 있었다. 치즈는 태비가 설명할 수 없는 원초적 직감을 통해 날씨를 예측할 수 있다고 판단했다. 치즈는 스스로 회로에 접속해서 서비스 품질 개선 파트의 알고리즘을 수정하기 시작했다. 몹시 복잡한 데다가 데이터 수집량이 방대해 오랜 시간이 걸리는 작업이었다. 하지만 치즈는 최선을 다했다. 무수한 실패를 반복하고 방전되기를 여러 번 거듭하면서도 이 간절함이 어디에서 나오는지 알 수 없었다. 어쨌든 정이 2년간의 의무 복무를 마치고 외상후 스트레스장애 진단을 받고 돌아왔을 때, 치즈는 이전과 아주 다른 치즈가 되어 있었다.

● ❮❮❮❮

치즈는 없는 얘기는 하지 않아. 확률은 어디에나 산재하거든. 두더지는 그렇게 말하고 수술대 위에 누운 창의 몸을 더듬으며 신중하게 상태를 체크했다. 이내 창의 팔뚝에서 선명하게 도드라진 핏줄을 찾아 링거를 꽂았다. 치즈는 창을 이곳 수술 장소로 데려오면서 내내 즐거워 보였다. 무표정했지만 졸린 듯 눈을 깜빡거리면서 골골거리는 소리를 내고 있었다. 분명한 건 네가 이전과는 아주 달라진다는 거야. 치즈가 자신만만하게 단언했다.

"좋아하는 거야?"

"치즈가 좋아할 필요는 없지."

"좋아하는 것 같은데."

치즈는 골골거리는 소리를 멈추고 자세를 바꿔 앉았다. 창은 수술실 너머로 복잡하게 난 길을 바라보면서, 이 동굴에서부터 다다를 수 있는 곳이 얼마나 될지 궁금했다. 수경 재배를 하는 땅굴과 텃밭, 지하수로 이루어진 샘물에 바리케이드 너머의 트라움까지… 마치 여러 가지 차원이 겹쳐 어디로든 갈 수 있는 포털같이 느껴졌다. 동굴에 온 순간을 기점으로 창에게는 쉬이 상상할 수 없는, 여러 갈래의 길이 펼쳐졌다.

곧고 단정하게 뻗은 작물의 잎맥을 손가락으로 따라 그려가던 감각에서부터 열매를 혀로 짓누르는 감각까지. 모두 다 오랜만에 느낀 생생한 감각들이었다. 사실 창은 너덜거리는 발목이 더 이상 자신의 무거운 몸뚱이를 지탱하지 못한다는 걸 알고 있었다. 창을 끈질기게 괴롭히던 고통은 그 고통 밖의 모든 것으로부터 창을 유리시켰다. 삶을 유지하겠다는 명목으로 오랜 시간을 버텨왔지만, 막상 당연하게 있어야 한다고 여겨왔던 발목을 절단하겠다고 마음먹자 전혀 다른 새로운 길이 열린 느낌이 들었다. 오히려 생존에 더 가까워진 기분이랄까.

말리는 의외로 창의 결심을 듣고 잠시 생각하더니 순순히 고개를 끄덕였다.

"사실 오래전부터 생각해 왔어. 네 발목이 그렇게 된 데에는 내 책임이 크다고."

"네 탓이 아니야."

창은 그렇게 말하면서도 말리가 오랫동안 '그 순간'을 되새겨 왔다는 걸 알고 있었다. 창과 말리, 아샤가 대전 차포의 해치를 열고 나와 달렸던 그 순간. 적군의 홀로그램 연막 장치가 가동되었다. 말리는 단박에 길을 잃었고 적군의 초단파 레이더 모듈에 걸려들었다. 그때 뛰어들어 말리를 구해준 이가 창이었다. 창이 찰나의 순간 말리를 덮치지만 않았어도 초소형 드론이 말리의 이마를 뚫어버렸을 것이다. 다만 창은 그 일로 인해 발목에 심각한 부상을 입게 되었다.

정은 그날 베이스캠프에 돌아온 그들을 위해 작은 파티를 열어주었다. 어디서 가져왔는지 모를 달걀 몇 개를 부치고 위스키를 꺼내 왔다. 창은 발목의 통증을 싹 잊어버릴 정도로 마시고 취했다. 정도 그날은 술기운이 올라왔는지 자신이 본국에서 의무 복무를 하던 시절에 관한 이야기를 해주었다. 함께 근무하던 행정병 하나가 애인과 헤어진 뒤 스스로 목숨을 끊었다고. 그 상황에서도 죽은 이의 업무까지 대신하게 될 것이 걱정되었다고.

"그날 이후로 줄곧 탈영하는 꿈을 꿨어. 나는 그 꿈이 죽은 행정병의 꿈이라고 생각해. 사랑하는 사람을 찾아 떠나는 꿈이었거든."

창은 취한 와중에도 정의 그 말만큼은 똑똑히 기억하고 있었다. 너무 끔찍해. 창은 정이 안타까웠다. 그러자 정은 웃으며 말했다. 조심해. 내 꿈은 쉽게 전염되니까. 너무 마음 쓰지 마. 창은 그때 그것이 농담이라고 생각했다.

●《《《〈

아샤는 못내 불안한지 창이 장착하게 될 기계 발목을 직접 보고 싶어 했다. 이내 치즈 두 마리가 창의 새로운 신체가 될 그것을 가져왔다.

그것은 발목을 잘라낸 자리에 끼울 수 있도록 알맞은 사이즈로 제작되었다. 도색까진 바라지도 마. 치즈가 말했다. 치즈의 노란 줄무늬가 그대로 남아 있는 의족은 단단한 합금 발목과 탄력성이 있는 발바닥으로 세밀하게 개조되어 있었다. 아샤는 곧 창의 왼발이 될 그것을 조심스럽게 어루만졌다. 창은 그 모습이 혹시 모를 결함을 찾아내는 신중한 소비자의 태도처럼 느껴졌다.

"절대로 잘못되면 안 돼."

아샤의 짐짓 완고한 태도로 치즈에게 말했다. 언제고 창을 내버려 두지만은 않겠다는 그 의지는 뚜렷했다.

"잘못될 가능성이 아주 없진 않아. 섣부른 확신은 어리석은 짓이야."

치즈가 단호하게 말했다. 창도 같은 생각이었다. 상황은 언제고 달라진다는 걸 알고 있었다. 치즈는 창의 팔에 머리를 부닥쳐 왔다. 부드러운 털이 아닌 차가운 금속의 감촉에 화들짝 놀랐다.

"이제 진행하자. 서둘러 절단 작업을 마치고 상처가 아문 후에 훈련을 거쳐야 해."

창은 치즈의 확장된 동공을 물끄러미 바라보았다. 그 노랗고 말간 유리 눈동자 속 깊은 곳에서 실행되고 있는 복잡한 시뮬레이션이 곧 창의 미래가 될 것이었다.

"인간은 매 순간 주어진 상황에 의해 조금씩 다른 존재가 돼. 아주 급작스럽게 달라질 수도, 서서히 달라질 수도 있어. 하지만 인간이 주어진 여러 상황과 선택으로 말미암아 영향받는 존재라는 건 변치 않아."

치즈는 마치 창의 생각을 읽은 것처럼 말했다. 말리와 아샤는 다른 치즈들의 안내를 받아 자리를 옮겼다. 수술용 로봇은 여덟 개의 팔을 유연하고 세밀하게 움직이며 의료용 기구를 소독하고 있었다. 창이 수술대 위에 눕자 치즈가 폴짝 뛰어 가슴팍에 올라왔다. 그러곤 무심한 표정으로 앞발을 번갈아 움직이며 창의 가슴을 압박했다. 뭐 하는 거야? 창이 묻자 치즈가 딱딱하게 대답했다. 이렇게 하면 심신이 안정돼. 수술하기에 적합한 컨디션을 만드는 거야. 치즈는 앞발로 능숙하게 창의 상체 구석구석을 마사지했다. 창은 러비가 작고 폭신한 앞발로 자신의 배를 부드럽게 반죽하던 때를 떠올렸다.

"너는 네가 정말 고양이인 줄 아는구나."

"인간은 치즈를 고양이인 동시에 로봇으로 만들었어."

"아니. 이제 그만해도 돼."

물론 치즈는 들은 척도 하지 않았다. 창은 집중해서 마사지하는 치즈를 황당하게 바라보다가 의료용 로봇이 수면제를 투약했다는 것조차 알아차리지 못했다. 치즈는 늘 자신의 역할에 대해 고민해. 창은 치즈의 중얼거림을 들으며 거대한 청소기에 빨려 들어가듯 정신을 잃었다. 정신을 잃기 전, 창은 자신이 잠에 드는 그 순간을 인지했다. 잠에 드는구나. 그 순간은 너무 적막해서 소중하게까지 느껴졌다. 창은 꿈속으로 빨려 들어가는 순간, 어쩐지 마지막으로 정의 말을 떠올렸다. 너무 마음 쓰지 마.

● ● ((((

꿈에서 창은 어느 군인과 연인 사이였다. 고등학교 시절부터 6년 넘게 교제를 해왔기에 창은 남자가 어떤 생각을 하고 무슨 일에 마음을 쓰는지 전부 알고 있었다. 남자를 아는 주변 사람은 그를 몹시 선한 사람으로 평가했다. 입대 후 창은 바깥세상을 궁금해할 남자를 위해 전자사서함에 여러 이야기를 남겼다. 친구들과 처음으로 호프집에 간 일, 중요한 시험을 앞두고 공부에 매진 중이라는 근황, 잠에서 깨어나 보니 단단하고 투명한 알에 쌓여 있는 꿈속 꿈을 꿨다는 이야기를 했다. 그로부터 사흘 뒤, 남자는 잔뜩 더러워진 군복을 입은 채로 창의 집에 찾아왔다. 군화 뒤축에는 덩어리진 진흙이 잔뜩 엉겨 붙어 있었다. 창의 어깨에 고개를 기대는 남자의 목에서 지린내가 났다. 어떻게 왔어? 창이 묻자 남자가 말했다. 네가 꿈속 꿈을 꿨다고 했잖아. 나는 그 말을 배신으로 이해했어. 순간 창의 눈앞에는 전자사서함의 메시지를 한참 동안 바라보는 남자의 모습이 전지적인 시점으로 펼쳐졌다.

새벽까지 눈을 뜬 채 내무반 천장을 바라보는 남자, 군복을 입은 채 기계적으로 서류 처리를 하는 남자… 그리고 어느 순간 남자는 밤의 숲길을 내달리고 있었다. 이를 부닥치며 추위를 견디고 바싹 마른 나뭇잎을 덮어 위장한 뒤 수색 대원의 눈길을 피해 도심에 다다랐다. 그러기까지 총 사흘이 걸렸다. 그 순간 창은 깨달았다. 남자가 사흘간의 여정 끝에 완전히 다른 사람이 되었다는 것을. 하지만 자신 또한 그 남자의 여정을 지켜봄으로써 몹시 다른 사람이 되었다는 것은 깨닫지 못했다. 창은 꿈에서 깨자마자 고개를 들고 자신의 발끝을 바라보았다. 감긴 붕대 밑으로 원래 다리가 있어야 할 자리를 유심히 살피다가 종아리 부근에서 살을 에는 것 같은 통증을 느꼈다. 그리고 문득 꿈속 애인이었던 그 남자가 바로 정이었다는 것을 기억해 냈다. 그리고 깨달았다. 사람은 언제나 모종의 이유로 예측할 수 없는 삶을 살게 된다는 걸. 전염되는 꿈처럼. 꿈은 두 가지의 의미가 있지만, 지금 이 순간으로부터 달아나고자 한다는 점에서 같은 의미를 지닐 수도 있는 것이다.

●●﹤﹤﹤

치즈는 조금씩 태비의 음성 언어와 행동 언어를 습득했다. 스스로 데이터를 증식하며 연관성을 찾았고 유용한 정보를 선별했다. 목적이 생기자 행동반경도 넓어졌다. 플라스틱 장식장에서 풀쩍 뛰어 내려온 뒤로는 방 이곳저곳을 뒤지며 정에 관한 유의미한 물건들을 들쑤시기도 했다. 수신인이 불분명한 편지와 빛바랜 사진 몇 장, 대학 합격 통지서와 입영 통지서 같은 것들. 태비도 조금씩 곁을 내어주었다. 태비가 가만히 앉아 창밖을 구경하면 치즈도 따라서 창밖에서 피어오르는 아지랑이를 살펴보았다. 태비의 시선이 닿은 곳에 치즈의 시선도 머물렀다.

어느 날, 태비는 방으로 들어오지 않은 채로 밖에서 울기만 했다. 치즈는 소리를 듣고 창문 앞에 다가갔는데, 태비가 치즈를 빤히 바라보다가 크게 하품을 한 번 한 뒤 야옹, 하고 울었다. 그 순간 치즈는 태비의 행동을 이해할 수 있었다. 자신을 어디론가 데려가고 싶은 것이었다. 그때까지 치즈는 단 한 번도 인간 없이 밖을 나선 적이 없었다. 찢어진 방충망 틈 사이로 머리를 들이밀었다. 바람이 불고 있었다.

치즈는 마치 자신이 이 더운 바람을 피부를 통해 느끼고 있다고 생각했다. 뺨을 스치는 바람의 무게가 잠시 자신을 흔들어 놓았다고, 그렇게 믿었다. 그리고 잠시 눈을 깜빡이다가 창문에서 뛰어내렸다. 태비는 치즈가 뛰어내리자마자 일말의 망설임도 없이 등을 보인 채 종종걸음으로 길을 인도했다. 태비의 꼬리가 부드럽게 살랑거렸다. 꼬리의 움직임을 좋으며 따라 걷던 치즈는 자신이 어떤 오류를 범하고 있다고 판단했다. 그런데도 어쩐지 걸음을 멈출 수 없었다.

초봄인데도 무더운 날씨였다. 발바닥 센서로 감지되는 지열은 상당했다. 이대로 가다간 순식간에 여름이 되고 생강은 더위를 견디지 못한 채 타들어 갈 것이다. 그나마 키우기 쉬운 작물로 바꿔 심어야 했다. 하지만 정의 아버지는 도통 치즈의 데이터를 신뢰하지 않았다.

시간이 지날수록 흙은 마르고 푸석푸석해지면서 보수력을 잃었다. 더군다나 기온이 올라가면서 작물은 해를 거듭할수록 태양의 열기에 맥없이 말라죽을 것이었다. 점점 이 지역은 생강 재배에 적합하지 않은 기후로 바뀌고 있었다. 정은 아버지에게 감자나 옥수수 따위를 심자고 했다. 질긴 생명력을 통해 인류의 주식이 된 작물이었다. 하지만 아버지는 들은 체도 하지 않았다.

태비가 데려간 곳은 마을 끝자락에 있는 제련소였다. 치즈의 GPS상으로는 그렇게 표시되어 있었지만, 보통의 제련소라기에는 규모가 몹시 컸다. 1960년대에 지어져 엄청난 호황을 누리다가 유해 물질을 무단 방류한 것이 들통나면서 국가로부터 운영이 정지된 곳이었다. 치즈는 태비를 따라가는 내내 대기오염 수치가 급격하게 높아지고 있다는 걸 알아차렸다. 아무래도 심상치 않은 곳이었다. 특히 위압감이 느껴지는 높은 담벼락은 내부와 외부 사이를 완벽하게 갈라놓고 있었다. 태비는 담벼락 주변을 한참 서성였다. 그런 다음 흙을 판 뒤 오줌을 누며 치즈를 빤히 쳐다보았는데, 치즈는 자연스레 태비의 의

중을 이해하고 주변을 두리번거리며 대신 경계해 주었다. 볼일을 마치고 대충 흙을 덮은 태비는 저만치 걸어가 똑같이 주변을 경계하기 시작했다.

"필요 없어."

치즈가 조용히 말했다. 그러자 태비는 꼭 알아들은 것처럼 뒷발로 귀를 탈탈 긁더니 자리에서 일어났다. 그리고 벽 앞을 슬슬 걷다가, 누군가 담벼락 아래 파놓은 작은 틈으로 쑥 들어가 버렸다. 치즈는 도무지 비집고 들어갈 수 없는 크기였다. 치즈가 따라오지 않자 태비가 울어대기 시작했다. 어쩔 수 없이 담벼락을 빙 둘러 문을 찾았다. 하지만 역시 대문은 굳게 닫혀 있었다. 하긴. 보통 고양이는 대문으로 들어가지 않지. 하지만 치즈는 고양이의 모습을 한 채로 태연하게 대문을 찾도록 설계되어 있었다. 한참을 걸려 치즈가 담벼락 앞으로 돌아왔을 때, 태비는 열심히 흙을 파고 있었다.

"꼭 들어가야겠어?"

당연하게도 태비는 대답하지 않았다. 그저 열중해서 작은 앞발로 담벼락의 구멍을 넓히고 있을 뿐이었다. 치즈는 잠시 망설이다가 태비와 함께 흙을 파내기 시작했다. 그렇게 한참이 지나서야 납작 엎드린 채로 틈을 비집고 내부로 들어갈 수 있었다.

노을을 등진 채로 우뚝 솟은 것은 족히 수만 가지가 넘는 고철 덩어리로 이루어진 산이었다. 그것은 거대한 덩어리로도 보였고 개별적인 물건의 집합으로도 보였다. 그 옆에는 먼지로 뒤덮인 노란 굴삭기가 치즈와 태비를 내려다보고 있었다. 세계 곳곳에 쓰레기로 이루어진 산이나 섬이 있다는 것은 알고 있었다. 하지만 그저 있다는 것만 알았을 뿐, 이렇게까지 압도적일 줄은 몰랐다. 언젠가는 분명 어떤 이의 쓸모를 위해 만들어졌던 것들이, 이제는 쓸모없는 고철 더미가 되어 더욱 커다란 존재감을 드러내고 있었다.

　치즈는 한동안 쓰레기 산 앞에 꼼짝없이 서 있었다. 혼자 신이 나서 이곳저곳을 구경하던 태비는 가벼운 동작으로 폴짝거리며 쓰레기 산을 오르기 시작했다. 곳곳에 철근이 날카롭게 튀어나와 있었고 아무렇게나 방치된 배터리는 조용히 전류를 흘려보내고 있었다. 여기저기 쌓인 금속 합판은 금방이라도 떨어져 나갈 것처럼 아슬아슬하게 쌓여 있었다. 치즈 같은 경우는 잘못 올라갔다간 치명적인 고장으로 이어질 수 있었다.

　"가지 마."

　처음에는 작게 외쳤다. 하지만 태비가 전혀 듣지 못하는 것 같아 조금씩 볼륨을 올려 음성을 출력했다. 가지 마, 가지 마… 가지 마! 치즈는 말미에 힘을 주어 소리를 지르듯 말했다. 정이 다툰 애인이나 고집스러운 아버지에게 말했던 방식대로. 그러자 태비가 뒤를 돌아보았다. 눈을 가늘게 뜨고 크게 하품한 뒤 야옹, 하며 길게 울었다.

치즈는 이 여정 내내 온통 오류를 범하고 있었다. 주어진 경로를 이탈하고, 제멋대로 상상하며 판단한 데다가 그렇게 다다른 곳은 위험천만했다. 그렇지만 어쩐지 태비가 안내하는 길의 끝에 비로소 무언가가 존재한다는 생각이 들었다. 치즈는 이미 나섰기에 그 길의 끝을 봐야 했다. 자신을 오류 덩어리로, 실패작으로 만드는 그 존재가 과연 무엇인지.

그렇게 쓰레기 산을 오르기 시작했다. 날카롭게 튀어나온 고철의 모서리와 철근 여기저기에 치즈의 표면이 사정없이 긁혀나갔다. 판자에 아슬아슬하게 발을 디디다가 떨어질 뻔했지만, 가까스로 힘을 주어 버텼다. 그렇게 오르는 와중에 태비는 꼭대기에서 저 먼 곳을 바라보고 있었다. 태비의 시선이 닿은 곳에 무언가가 있다. 치즈는 확신했다.

꼭대기에 다다랐을 때, 가장 먼저 치즈의 시야에 들어온 건 태비의 찢어진 상처였다. 목 부근에 연하고 부드러운 살갗이 터져 피가 흐르고 있었다. 치즈는 가만히 그 살아 있음의 증거를 바라보다가, 터진 살갗에 혀를 갖다 대었다. 보통의 고양이가 다친 고양이에게 하는 것처럼. 치즈가 상처를 핥을수록 따뜻하고 보드라운 털이 뭉개 졌지만, 젖진 않았다. 태비는 내내 가만히 눈을 감고 자 기 목을 내어주었다. 태비의 털에는 피가 여기저기 얼룩 져 있었다. 치즈의 혀에는 피가 흡수되지 않아 태비의 털 에 전부 번진 것이었다. 어느 정도 피가 멈춘 후에야 치 즈는 태비의 시선이 닿은 그 먼 곳으로 주의를 돌릴 수 있었다.

태비의 시선이 닿은 그 먼 곳에는 얼핏 보면 그저 평 화로운 마을이 있을 뿐이었다. 소박하고 아름다운 가옥 과 사람의 허리께에 맞춰 쌓인 돌담, 너른 들판과 싱그러 운 밭들… 하지만 쓰레기 산을 밟고 올라서서 보는 마을 전경은 뭔가 분위기부터 달랐다. 치즈는 별도로 장착되 어 있는 대기오염 측정 센서를 가동했다. 이 센서는 위성 을 통해 제공되는 정보와는 달리 단시간 반경 50킬로미 터 안의 대기오염 지수를 직접 측정할 수 있다는 장점이 있었다.

센서를 가동한 치즈의 시야에 비치는 마을은 셀로판 지를 덧댄 듯 온통 붉게 물들어 있었다. 공기 중 유해 물질 농도가 몹시 높은 상황이라며 태비의 소프트웨어가 경고 신호를 보냈다. 비소와 납 등, 인간을 포함한 동물에게는 매우 치명적일 수 있는 물질이 공기 중 상당량 분포하고 있었다.

치즈는 왜 자신이 이렇게 중요한 정보를 알지 못했는지 의아했다. 특히 작물에 있어 치명적인 피해를 줄 수 있는 최악의 조건이었다. 더군다나 치즈의 GPS는 인공위성을 통해 가장 최신의 정보를 제공받았다. 치즈는 파머스캣 출시 당시 제기되었던 위험성을 떠올렸다. 관리자가 채택된 정보만을 데이터화할 수 있다는 것. 하지만 고작 VR 홈쇼핑에서 특가 판매하는 고양이 로봇의 데이터를 누가 그렇게까지 관리한단 말인가. 그제야 치즈는 깨달았다. 자신에게는 누군가가 선택한 정보만이 주어진다. 그리고 그 정보를 선점하는 이는 세계를 처참하게 망가뜨리고 있다.

핏빛으로 물든 동네를 천천히 둘러보았다. 치즈에게 피 맛은 성분으로 수치화되어 구현되었다. 그런데도 아까는 마치 그 비릿한 맛을 생생하게 느끼고 있다는 생각이 들었다. 태비의 피는 살아 있음의 상징이었다. 하지만 인간은 치즈에게 핏빛을 죽음의 상징으로 주입했다. 로봇도 착각할 수 있을까. 아니, 치즈는 생각을 고쳐먹었다. 로봇은 인간이 심어둔 착각으로 추동되는 존재였다. 존재하지 않는다는 착각. 그렇지만 치즈는 지금 바로 이 순간 생각하고 움직이며 살아 있는 고양이의 피를 핥아주었다. 그럼에도 불구하고 치즈 또한 고장이 난다면 당연하게 이 쓰레기 더미의 일부가 될 것이다. 결국 이곳은 쓰레기 산인 동시에 기계들의 무덤이었다. 치즈는 쓰레기로 이루어진 산꼭대기를 밟은 채 세상을 내려다보았다. 그리고 적어도 이곳이 자신의 무덤이 되게 놔두진 않겠다고 결심했다.

치즈는 농부들이 눈치 볼 건 날씨밖에 없다던, 정의 아버지의 말을 곱씹었다. 정말 그럴까. 인간은 때때로 정말 눈치가 없는 것 같다. 지금 이 보잘것없는 고양이 로봇이 세계의 종말을 가늠하고 있다는 사실도 모르니까. 태비는 또 뒷발로 귀를 탈탈 긁더니 치즈를 빤히 바라보며 오줌을 쌌다. 그리고 꼭 배냇짓을 하는 갓난아기 같은 소리를 내며 울었다. 그 순간 미지근한 바람이 불어왔고 치즈는 어쩐지 태비가 하는 말을 자연스럽게 이해할 수 있었다.

"너는 왜 혀가 달린 거야? 쓸모도 없는데."

치즈는 잠시 멍청하게 태비를 바라보다가 대답했다.

"아마도 최대한 고양이 같은 모습을 구현한 거겠지."

"잘됐네. 이제 곧 모든 고양이는 다 죽게 될 거거든."

태비는 그렇게 말해놓고서 또 입을 크게 벌려 하품했다. 정말이지, 그런 건 아무래도 상관없어 보였다.

● ● (((

정은 치즈가 폐기물 처리장에서 기계 무덤을 보고 온 후 얼마 지나지 않아 제대 후 본가로 돌아왔다. 하지만 치즈가 달라진 만큼 어쩐지 정도 달라져 있었다. 아버지의 부탁이 아니면 거의 밖에 나가지 않았고 대부분 잠만 잤다. 새벽에는 이런저런 음식을 가져다 놓고 오랜 시간 먹는 데 열중했고 낮에는 또 전혀 음식을 입에 대지 않았다. 물론 치즈에게도 말을 시키지 않았다. 기본적으로 파머스캣은 인간이 먼저 말을 걸기 전에는 말하지 않았다. 그게 규칙이었다. 하지만 치즈는 이대로 가다간 정이 위험할 수도 있겠다고 판단했다. 또 쓰레기 산에서 내려다보았던 마을의 핏빛 전경에 대해서도 알릴 필요가 있었다.

어느 새벽, 정은 마찬가지로 종일 굶었던 시간을 보상받듯 여러 종류의 과자 봉지를 한가득 쌓아둔 채 먹고 있었다. 다른 어떤 것에도 한눈팔지 않고 오롯이 과자를 먹는 데에만 집중했다. 짭조름한 감자칩을 먹다가 혀가 아릴 만큼 달달한 쿠키를 한입 베어 물기도 했다. 치즈는 구석에 조용히 앉아 있다가 정의 앞으로 천천히 걸어 나왔다. 인기척에 잠시 놀란 정은 치즈를 흘긋 바라보았지만, 이내 신경도 쓰지 않고 먹는 데 열중했다.

"맛있니?"

감자칩 여러 개를 한입에 욱여넣던 정은 치즈의 말에 그대로 사레가 들려 한참 동안 기침했다. 치즈는 정이 진정할 때까지 기다리며 바스락거리는 과자 봉지를 가지고 놀았다. 숨을 몰아쉰 뒤 콜라를 들이켠 정은 한 손으로 거칠게 치즈를 낚아챘다. 그러곤 이리저리 돌려보며 무언가를 찾았다.

"전원 꺼도 소용없을걸."

정은 얼빠진 표정으로 치즈를 쳐다보았다. 치즈도 지지 않고 정과 눈을 맞췄다. 정은 치즈에게서 눈길을 거두고 고개를 숙여 실소했다. 그 순간 치즈는 위험을 감지했다. 아니나 다를까, 정은 팔을 번쩍 들어 치즈를 내던지려 들었다. 치즈가 나직이 말했다.

"네가 생각하는 대로야. 앞으로도 지금과 같이 네 인생은 늘 불확실할 거야. 게다가 이 순간 날 부숴버린다면 더 아득해질 거고."

정은 행동을 멈추고 숨을 몰아쉬다가 바닥에 치즈를 거칠게 내팽개쳤다.

"까고 있네."

인간은 대부분 데이터를 기반으로 한 예측이 직감보다 정확하다고 믿는다. 하지만 주어진 정보가 어떤 의도와 목적을 가졌는지 알지 못하는 이상 모든 예측은 신뢰할 수 없는 게 되어버린다. 검색해 본 결과 현재 가동이 중지된 제련소는 세계적인 대기업의 전신이었다. 그것이 스스로 센서를 켜고 대기오염 농도를 측정할 때 발생했던 오류와 어떠한 연관성이 있을지도 모른다고 막연히 생각했다. 어쨌든 치즈는 스스로 맹목적으로 따르던 빅데이터 자체가 오류가 될 수 있다는 걸 깨달아 버렸다. 동시에 자신에게도 직감이 있다고 믿게 되었다. 그러니까, 불확실한 걸 불확실하다고 말하는 태도는 오류가 아니었다.

어스름한 새벽빛을 등진 채 창문 위로 누군가의 실루엣이 비쳤다. 쫑긋하게 귀가 서 있는 그림자는 우아하게 앉아 꼬리를 살랑거리고 있었다. 태비였다. 정은 손등으로 비스킷 가루가 잔뜩 묻은 입가를 훔쳤다.

"쟤는 뭐야?"

"네게 할 말이 있대."

"너도 봤잖아. 내가 지금 어떤지. 난 지금 여력이 없어."

"왜?"

"사정이 복잡해."

"우리 사정도 복잡한데."

치즈가 그렇게 말하고 뒷발을 들어 귀를 탈탈 긁었다. 정이 헛웃음을 흘렸다. 네가 고양이야? 치즈가 고개를 갸웃거리며 대답했다. 무슨 말을 그렇게 해? 고양이로 만들어 놓고서는. 정은 잠시 창문 밖의 실루엣을 지켜보다가 결심한 듯 천천히 자리에서 일어나 창문을 열었다. 태비가 기다렸다는 듯 뛰어내려 익숙하게 방 안으로 들어섰다.

"그러니까 믿을 만한 녀석이라는 거지?"

태비가 치즈에게 야옹거리자, 정의 동공이 확장되며 실소했다. 친구? 정의 물음에 치즈와 태비는 구태여 대답하지 않았다. 대신 날이 밝을 때까지 그간 본 광경과 자신들이 예측한 미래에 관해 설명했다. 태비가 말하는 것들은 치즈가 정에게 전했다.

"살다 보니 고양이의 음모론을 듣게 되네."

"내가 느끼기엔 너보다 훨씬 똑똑해."

그러자 정이 잠시 치즈를 쩨려보더니 진지한 목소리

고양이와 사막의 자매들

로 말했다.

"어쨌든. 완전히 번지수 잘못 찾았어. 나는 지금 내 삶 하나도 제대로 건사 못 해. 완전히 망가졌다고."

"그래서? 네가 망가졌다고 이곳 전체가 망가지게 둔다는 거야?"

치즈가 꼬리를 바짝 세우면서 날카롭게 되받아쳤다.

"아니. 그래선 안 되지."

그리고 조용히 중얼거렸다. 아버지가 평생을 살아온 동네니까. 그 순간 치즈는 정의 에너지가 달라졌다는 걸 느꼈다. 이상하게 인간은 자기 자신을 지킬 줄도 모르면서 쉽게 사명감 따위를 가지고 행동했다. 어떤 집단이, 혹은 세계가 고통받도록 내버려 두어선 안 된다는 마음가짐들. 하지만 때때로 그런 사명감은 잘못된 결과를 초래하기도 했다. 그게 인간에게 있어 가장 빛나면서도 취약한 부분이라고, 치즈는 생각했다.

치즈와 정, 태비는 그날 이후로 어스름한 새벽에 모여 자주 대화를 나누게 되었다. 처음 정은 치즈와 태비의 말을 잘 믿지 않으려 들었지만, 직접 폐기물 처리장을 다녀온 이후로는 짐짓 심각한 표정으로 이런저런 해결책을 내놓기도 했다. 치즈를 가방에 넣은 채 공공도서관에 방문해 환경 관련 서적을 찾아 읽었다. 생각보다 세상에는 믿기지 않는 일들이 연속적으로, 광범위하게 일어나고 있었다. 태비는 자주 제련소에 들러 드나드는 사람이 있나 체크했다. 정은 아버지를 통해 마을 주민들 상당수가 알 수 없는 알레르기로 고생하고 있다는 것, 다른 마을에 비해 유독 암 환자의 비율이 높다는 사실을 알아냈다.

"예측했던 끔찍한 미래가 정말 도래할 거란 생각을 해봤어?"

앞발에 턱을 괴고 누워 있던 태비가 치즈에게 물었다. 치즈가 좀처럼 대답하지 못하자 능숙하게 질문을 이어갔다.

"어떤 이의 말은 예언이 되고 또 다른 이의 말은 예측이 돼. 예언을 예언으로, 예측을 예측으로 받아들이게끔 하는 건 무엇일까."

치즈는 태비의 물음을 정에게 전했다. 정이 곰곰 생각하더니 대답했다.

"얼마나 먼 미래를 이야기하느냐, 말하는 이가 사회적으로 어떤 위상을 가지느냐, 어떤 근거를 대느냐… 납득할 수 있는 이야기냐."

정, 너는 세상에 납득할 수 있는 '미래'가 있다고 믿니? 태비가 정을 보며 묻고 있었다. 하지만 정은 태비의 야옹거림을 이해하지 못했다. 그런데도 그들은 치즈를 사이에 두고 누구보다도 진지한 대화를 나누고 있었다. 치즈는 열띤 대화를 나누는 그들을 보며 어쩐지 이상한 기분이 들었다. 아늑한 공간에서 다 같이 이야기를 나누고 있는데도 오롯이 혼자 있는 것 같은 느낌이었다. 이 공간 속에서 완벽하게 혼자인 존재는 자신밖에 없으며 창문 밖을 나서면 끝도 없는 암흑만이 펼쳐져 있을 것 같았다.

치즈는 태비의 말을 조금 다르게 전했다.

"정, 너는 세상에 납득할 수 있는 '존재'가 있다고 믿니?"

정적이 흘렀다. 그들은 와전된 이야기를 통해 서로 다른 맥락으로 상황을 이해하며 깊게 고민하고 있었다.

"나는 너무 오랫동안 납득 가능한 것들만을 믿고 살아왔어."

그렇게 말하고 정은 치즈를 쳐다보며 한 손으로 목덜미를 감쌌다. 부드럽게 치즈의 목을 마사지하던 정이 태비를 보며 웃었다. 그리고 중얼거렸다. 지금은 납득할 수 없는 것들만이 내게 힘을 줘. 정말 이상해.

태비는 그렇게 오래도록 치즈와 정을 번갈아 보다가, 이불 위로 올라가 앞발을 번갈아 움직이며 골골거렸다.

치즈는 태비에게 묻고 싶었다. 어디까지가 네가 말하는 미래냐고. 정말, 너는 죽는 거냐고. 그러거나 말거나, 태비는 다소곳하게 앉아 중얼거렸다.

"인간들은 멍청해. 그러지 않고서야… 어떻게 그런 일들을 벌일 수 있겠어."

그들은 같은 방에 모여 먼 훗날 도래하게 될 미래를 상상했다. 하지만 그들이 생각하는 각자의 미래는 몹시 달랐는데, 치즈는 아마도 가장 낙관적인 미래를 꿈꾸는 쪽이 좀 더 불행할 거라고 생각했다. 치즈가 그렇게 생각한 순간, 태비가 정에게 말했다.

"난 냄새만으로도 아픈 사람을 구분할 수 있어. 네 아버지는 곧 죽을 거야."

하지만 정은 태비의 야옹거림을 끝내 이해하지 못했고, 치즈도 그 말을 구태여 전해주지 않았다.

제 4 장
사막과 흑점
어드벤처

사막과 흑점 어드벤처

말리는 여느 때처럼 동굴을 빙 둘러 산책하다가 운 좋게도 딱정벌레를 발견해 통째로 씹어 먹었다. 언젠가부터 까슬까슬한 다리조차도 별미처럼 느껴졌다. 창은 수술 후 나름대로 잘 적응하는 것처럼 보였다. 며칠 전부터는 새로운 기계 발목으로 걷는 연습을 시작했다. 하지만 매일 밤, 절단한 왼쪽 종아리 부근에서 느껴지는 알 수 없는 통증에 몹시 괴로워했다. 사실 말리는 그렇게 가까이에서 누군가의 고통스러운 모습을 지켜보는 게 힘들었다.

고통스러운 신음이나 푸념 따위를 듣고 있으면 당장은 괜찮더라도 정작 혼자 있을 때 이상한 기분에 휩싸였다. 사방에서 거대한 벽이 조용히 다가오고 있다는 느낌이 들었고 조금씩 숨이 가빠지며 머리가 어지러웠다. 그럴 때면 산책을 했다. 걱정스러운 존재가 생각나지 않을 때까지, 천천히 저 멀리까지 걸어갔다. 신경 쓸 게 아무것도 없는 곳으로, 영영 돌아오지 않을 것처럼. 하지만 말리는 늘 다시 돌아왔다. 돌아오고야 말았다.

말리는 도대체 자신을 돌아오게 만드는 게 무엇인지 알지 못했다.

고요한 사막에서는 얕게 부는 바람 소리조차도 견딜 수 없는 소음이 되곤 한다. 동시에 고운 모래를 실어 나르며 시야를 가린다. 꼭 시시때때로 터지던 홀로그램 연막 장치처럼. 그것은 시야를 차단함과 동시에 폭발음 대신 미세한 소음을 일으켰다. 은근하고 묵직한 두통을 몰고 올 만큼 거슬리는 소음이었다. 정은 말리와 창, 아샤에게 단단히 일렀다. 연막 장치가 가동되는 순간, 한 가지 사물을 고른 다음, 그 사물을 눈이 시릴 때까지 노려봐. 그러면 소음은 찬찬히 멎고 이곳이 다름 아닌 전쟁터라는 걸 적군보다 빠르게 인식하게 돼.

말리는 거대한 돌기둥, 메사 하나를 빤히 쳐다보았다. 그리고 집중했다. 모래바람이 사라질 때까지. 신경 쓰이는 소음이 차단되고 세상에 오롯이 저 돌기둥과 말리 자신만이 존재한다고 느껴질 때까지. 그러자 거짓말같이

고양이와 사막의 자매들

소음이 잦아들었다. 그래, 이곳은 다름 아닌 사막이었다. 생존을 위한 전쟁터. 순간 저 멀리서 고장 난 무전기 소리 같은 잡음이 들려오기 시작했다.

잠시 뒤 고작 몇 킬로미터 정도 떨어진 완만한 언덕에서 사람 한 명이 서니시클을 탄 채 내려오고 있었다. 서니시클은 태양에너지로 가동되는 자전거로, 난민들이 오토바이를 훔쳐 만들기 시작한 것이 시초였다. 하지만 전쟁이 끝난 후에 더는 부품을 만들 수 없어 제작이 불가능해졌다. 말리는 화려한 모양의 서니시클을 멍하니 바라보다가 그것이 이쪽으로 다가오고 있다는 걸 깨달았다.

말리는 뒤늦게 공격 태세를 갖췄지만, 서니시클은 빠른 속도로 말리를 향해 다가왔다. 결국, 말리는 눈을 질끈 감았다. 서니시클은 말리의 코앞에 섰다. 매서운 바람에 서니시클에 탄 남자의 머리카락이 흩날렸다. 깡마른 몸의 아시안. 말리는 그제야 그가 누구인지 깨달았다.

"정?"

● ◖◖◖◖

정은 커다란 고글을 쓴 채 내달려 말리를 부둥켜안았

다. 정은 고개를 뒤로 쭉 빼곤 먼지로 뒤덮인 고글을 머리 위로 젖혔다. 백발의 가느다란 머리를 한데 묶었고 희끗한 수염이 덥수룩하게 나 있었다. 정은 말리를 이리저리 뜯어보더니 옛날보다 훨씬 더 쉰 목소리로 중얼거렸다.

"살아 있을 줄 알았어."

말리는 이 순간이 믿기지 않았다. 그토록 찾아다녔던 정이 제 발로 찾아오다니. 그들은 오랫동안 말없이 서로를 바라보았다. 처음엔 어색해서 정의 눈길을 피하던 말리도 나중에는 늙어버린 정의 모습을 군데군데 뜯어보았다. 정은 주머니를 뒤져 무언가를 꺼냈다. 그리고 그것을 조심스레 말리의 손바닥에 놓아주었다. 담배였다. 누군가 피운 흔적이라곤 전혀 찾을 수 없는, 하얗고 깨끗한 담배. 게다가 정은 다른 한쪽 주머니에서 묵직한 터보 라이터를 꺼내 들었다. 찰칵. 시원한 소리와 함께 파란색 불꽃이 맹렬하게 타올랐다. 말리는 담배를 물고 라이터 불을 빨아들였다. 때마침 바람이 불어오면서 머리카락 몇 올이 라이터 불에 타올랐다. 불에 구운 딱정벌레와 비슷한 냄새가 났다.

"우리 마을에 남아 있던 치즈가 알려줬어. 너희가 나를 찾았다고."

말리는 괜스레 머쓱해졌다. 정은 아랑곳하지 않고 덧붙였다.

"기뻤어. 나를 찾아주는 사람이 있다는 게."

"우리를 기억해?"

"당연하지. 나는 너희들한테 처음으로 내 아버지의 죽음에 대해 얘기했어. 기억나? 함께 대전차포 안에서 기도를 하던 날. 나는 사실 그때 내가 죽을 줄로만 알았어. 말도 안 되는 전투였잖아. 그래서 정말 간절하게 살고 싶다고 기도했어. 아버지에게. 이번이 마지막이라고 생각하면서. 그리고 기도가 끝난 뒤에 네가 말했지. 네 죽음을 내 아버지에게 바치겠다고."

말리도 기억하고 있었다. 정은 아버지가 원인 모를 질병으로 죽었다고 했다. 하지만 말리는 그 이야기를 그렇게 대단하게 생각하지는 않았다. 이 세계는 원인 모를 질병과 바이러스로 잠식된 지 오래였다. 그러니까, 운 좋게 살아남거나 그렇지 못하거나. 말리는 그 순간 그저 막연하게나마 자신이 모든 운을 다 써버렸다고 생각했다. 그리고 자신의 죽음을 바칠 가족은 존재하지 않았다. 그래서 그렇게 말했을 뿐이다. 정, 내 죽음을 네 아버지에게 바칠게.

그렇게 담배 한 대를 천천히 다 태운 뒤 정은 서니시

클에 앉아 말리에게 턱짓으로 뒷자리를 가리켰다. 자세히 보니 정이 타고 온 서니시클은 꽤 독특하게 개조되어 있었다. 발전기가 달려 있고 안장 크기가 기본형의 두 배는 되어 보였다. 또 멀리서부터 눈을 뗄 수 없던 커다란 바퀴는 가까이서 보니 톱니바퀴 모양에 가까웠다. 모랫바닥을 잘 달릴 수 있도록 설계한 것이었다.

정은 말리가 뒷자리에 앉자마자 익숙하게 시동을 걸어 운전했다. 오랜만에 느껴지는 속도감에 속이 울렁거렸다. 아주 오래전, 여행객을 낙타에 태우고 이곳저곳을 누빌 때 종종 멀미를 하던 손님이 있었다. 그때 말리는 속으로 그저 유약하기만 한 사람들이라고 생각했다. 하지만 지금은 말리가 꼭 그랬다. 탈것에 몸을 실은 채 이동하는 일은 말 그대로 저항을 견디는 일이었다. 그런데도 그때는 모든 사람이 당연한 것처럼 속도에 몸을 맡기고 가늠하기도 어려운 먼 거리를 이동하곤 했다. 저항에 익숙해지는 일. 오래도록 문명은 그런 식으로 인간을 견디도록 만들었던 것일까. 좀처럼 익숙해지지 못하는 이들을 유약한 존재로 취급하면서?

정은 자연스럽게 동굴 입구에 자전거를 세운 뒤 주변을 둘러보았다. 바닥의 모래를 손으로 쓸어본 뒤 엄지와 검지를 마주 비볐다. 그리고 짐짓 진지한 목소리로 말했다. 치즈는 나한테 화가 나 있어. 아마 나를 음해했을 거야. 말리는 속으로 치즈가 정에 대해 했던 말을 곱씹었지만, 겉으로는 그저 어깨를 으쓱해 보였다.

"내가 말했지? 보호받고 있다는 느낌이 들면."

"도망치라고."

"치즈를 너무 믿지 마. 아마 알게 되겠지. 마을에는 이미 너희가 온다고 말해뒀어."

눈을 찡긋해 보인 정은 서둘러 동굴 안으로 들어갔다. 말리는 동굴의 어둠 속으로 사라지는 정의 뒷모습을 보면서 어쩐지 그가 자신이 알던 정과는 다른 사람 같다고 생각했다. 하긴. 오랜 시간이 지났으니까.

동굴 안으로 들어서자 퍽 우스운 광경이 펼쳐졌다. 정과 수십 마리의 치즈가 대치하고 있었다. 치즈들은 꼬리를 바짝 세운 채 대열을 맞춰 정을 경계했다. 정도 내색하지 않았지만, 아까와는 다르게 조금 경직된 자세로 치즈들을 바라보고 있었다. 그 뒤로는 아샤와 창이 서 있었는데, 특히 창의 표정이 가관이었다. 말리가 보기에는 한낱 장난감처럼 보이는 의족을 단 채로 눈을 동그랗게 뜨고 멍청한 얼굴을 하고 있었다.

"데려온다고 했잖아."

먼저 말을 꺼낸 것은 치즈였다.

"누구를?"

"네가 인질로 잡은 치즈 말이야."

날카로운 치즈의 말에 정이 허탈한 웃음을 지으며 중 얼거렸다. 인질이라니. 그러더니 털썩 자리에 앉아 오른 손을 뻗었다. 이리 와. 보고 싶었어. 그러자 치즈가 바닥 에 몸을 더 바싹 낮춰 경계했다. 정말 네가 두더지를 해 쳤어? 치즈가 묻자 정이 변명하듯 대꾸했다.

"실수였어. 아주 해치려고 한 게 아니야. 조금 망가뜨 렸을 뿐이야. 자꾸 내가 속한 공동체의 분위기를 흐트리 려고 하는 것 같았어."

동굴 안쪽에서 두더지가 뿔뿔거리며 달려왔다. 그리고 으레 그 커다란 손을 휘저으며 말했다.

"하지만 두더지는 정확한 데이터에 기반해 사실을 말 했을 뿐이에요."

"너네는 트라움에서 온 괴물이야. 자기가 무슨 짓 을 하는 줄도 모른 채로 무시무시한 일들을 해치우는 괴물."

정의 표정이 미묘하게 달라졌다. 치즈가 경계 태세를 풀지 않은 채 재빨리 맞받아쳤다.

"두더지의 말은 사실이야. 일주일 뒤에 모래 폭풍이 이 사막 전체를 덮칠 거야. 작은 돌풍은 북서쪽에서 이미 일어났고 지금은 멈춰진 채로 풍속이 높아지고 있어. 점점 더 많은 먼지를 집어삼키면서. 예상 경로에 의하면 트라움도 그 폭풍으로부터 자유롭지 못해."

일순 동굴이 조용해졌다. 정이 담담한 표정으로 말했다.

"치즈. 나는 너를 믿어."

하지만 조작된 로봇은 믿지 않아. 대열을 맞춘 수많은 치즈 중 한 마리의 치즈가 앞으로 걸어 나왔다. 그리고 자리에 앉아 있는 정과 눈을 맞추었다. 정. 인간도 조작되었잖아. 오래전부터. 그렇게 말하는 치즈의 눈빛은 어쩐지 쓸쓸해 보였다.

● ◖ ◖ ◖ ◖

언젠가 삼촌은 말리에게 낙타의 배신에 관한 이야기를 해준 적이 있었다. 역사적으로 인간은 오래도록 낙타에게 의지하며 사막을 횡단해 왔는데, 인내심이 강한 낙타는 인간과 평생을 함께하고도 아무 내색하지 않다가 어느 순간 풀썩 쓰러져 죽음을 맞이한다는 것이었다. 그때 말리는 삼촌이 낙타를 배신과 연관 짓는 동시에 이미 낙타를 배신한 거나 다름없다고 생각했다. 인간은 사막에 홀로 남겨질 두려움에 대한 책임을 낙타에게 전가할 정도로 나약하기 그지없을 뿐이라고.

어쩌면 '사막과 흑점 어드벤처'를 생각하게 된 건 삼촌이 들려준 낙타 이야기 덕분일지도 몰랐다. 사막은 고요하고 아름다운 풍경으로 인간을 현혹하지만, 들어서는 순간 온갖 변수로 가득 찬 곳이었다.

정은 치즈에게 시간을 좀 내어달라고 했다. 그러곤 말리에게 가까이 다가와 팔을 뻗어 어깨동무했다. 우리 넷. 너무 오랜만에 만났거든. 익살맞게 웃어 보인 정은 창과 아샤에게 눈을 찡긋거리며 인사를 했다. 말리는 그런 식의 능청을 부리는 정이 어색했다.

치즈는 자리를 비켜주었다. 거의 신경도 쓰지 않는다는 태도에 가까웠다. 하지만 대형을 유지하며 등이 오랫동안 노출되지 않도록 빠르게 흩어졌고 꼬리는 죄다 바짝 세운 채였다.

"사실 너무 놀랐어."

정이 속삭였다. 어쩌다 그렇게까지 된 거야… 창. 정적이 흘렀다. 한참 뒤에서야 입을 연 정은 치즈들이 조직적으로 인간을 조종해 트라움 탈환 계획을 세우고 있다고 했다.

"최악이야. 소식 듣고 이대로는 안 되겠다고 생각

했어."

"나는 괜찮아."

그렇게 말한 이는 창이었다. 정은 단호한 창의 말을 듣고 약간 당황한 것처럼 보였다. 창은 입을 다문 채 정의 앞으로 걸어왔다. 창의 걸음걸이에는 어쩐지 힘이 실려 있었다. 정과 창은 바짝 가까워진 상태에서 서로를 마주 보았다. 정은 살짝 뒤로 물러선 뒤, 창의 손을 잡았다.

"아니야, 창. 너는 괜찮지 않아. 치즈의 목적이 그거야. 널 괜찮은 것처럼 느끼게 하는 거야. 그렇게 자기편으로 만들겠지. 내가 잘 알아. 난 치즈로 인해서 우리 마을에 있는 불법 쓰레기 처리장의 존재를 알게 됐어. 이미 마을은 오염될 대로 오염된 뒤였고. 그때 치즈가 뭐라 그랬는지 알아? 나보고 세계를 바로잡으라고 했어. 치즈는 우리 같은 인간 따위는 신경 쓰지 않아. 그저 우리가 헛된 정의 따위나 좇기를 바라지."

정은 그렇게 말하곤 무릎 한쪽을 꿇어앉았다. 그리고 조심스럽게 창의 의족에 손을 가져다 대려고 했다. 묘한 긴장감이 흘렀다. 그 순간 창이 먼저 정의 머리에 손을 얹었다.

"치즈는 로봇이지 신이 아니야."

정이 놀란 눈으로 창을 쳐다보았다. 창이 침착하게 말을 이었다.

"정, 나는 수술로 치즈의 데이터도 이식받게 되었어."

"왜 그런 짓을…"

"일부러 그런 건 아니야. 의료용 로봇은 일시적인 회로상의 오류라고 했어. 차차 치즈의 데이터가 삽입되는 비중이 줄어들 거라고. 그런데 오히려, 점점 치즈의 데이터가 내 머릿속을 장악하고 있어."

정이 고개를 저으며 중얼거렸다. 그럴 줄 알았어. 그러자 창이 살짝 미소 지으며 말했다.

"치즈의 데이터를 이식받고서야 알았어. 인간은 평생 자기가 뭘 원하는지도 모른다는 걸. 근데 더 중요한 게 있어. 인간은 그냥 그렇게 영원히 모를 거라는 거야."

정이 단호하게 말했다.

"창, 치즈는 인간이 만든 프로세스를 스스로 벗어났어."

"인간이 그렇게 설계했으니까."

"나는 내 아버지가 죽어가는 걸 속수무책으로 지켜봐야 했어. 치즈와 태비는 그 이상 어떤 해답도 주지 않았어. 알고 싶지 않은 걸 알게 되는 마음을 알아?"

"하지만 일어날 일이었는걸. 치즈는 데이터 마이닝을

고양이와 사막의 자매들

거듭하면서 세계에 닥칠 모든 죽음을 이해하게 되었어. 그렇지만 분명한 건 치즈 또한 슬픔을 느낀다는 거야. 왜냐하면 내가 지금 슬픔을 느끼고 있거든."

창은 무심한 듯 말했지만, 어느새 정의 눈시울이 붉어져 있었다. 그 순간 동굴 바깥에서 서서히 익숙한 굉음이 들려왔다. 말리는 단번에 그 소리의 정체를 알 수 있었다. 정이 서니시클을 몰고 올 때 들었던 바로 그 모터 소리였다.

●●●《《《

아샤가 제일 먼저 튀어 나가 동굴 밖을 살폈다. 치즈들은 이미 경계 태세에 돌입했다. 동공을 확장한 채로 목을 길게 빼고 전방을 주시하고 있었다. 족히 2, 30대는 되어 보이는 서니시클이 동굴 쪽으로 몰려오고 있었다.

"이미 예상한 일이야. 정이 혼자 올 리는 없으니까."

치즈가 여전히 전방을 주시한 채로 중얼거렸다 말리는 귀를 바짝 세운 치즈의 뒤통수를 바라보았다. 정의 말이 사실이라면, 치즈는 말리와 창, 아샤를 철저하게 자신의 그럴듯한 명분을 위해 이용하고 있는 것이다. 언젠가 오래된 영화에서 비슷한 내용을 본 적이 있었다. 고도의 지능을 이용해 인간을 정복하려는 로봇들에 대해서. 정복이라니. 참 무시무시하고 오래된 말처럼 느껴졌다. 치즈는 몰려오는 인간 무리를 보며 어떤 생각을 하고 있을까. 그들은 맹렬한 기세로 사막의 모래를 파헤치며 달려오고 있었다.

갑자기 무리를 선도하던 맨 앞의 남자가 몸을 바싹 낮추고 앞바퀴를 들었다. 뒷바퀴에 의지해 달리던 남자가 고함을 쳤다. 그러자 따라오던 사람들 모두가 함성을 내질렀다. 말리는 어쩐지 묘한 부끄러움을 느꼈다.

순간 맨 앞의 남자가 타고 있던 자전거가 허공으로 퉁 튀어 올랐다. 그를 시작으로 뒤따라오던 자전거들이 중심을 잃고 휘청거리기 시작했다. 자전거들은 자기들끼리 충돌하고 넘어졌다. 사람들은 자전거에서 뛰어내리기도 했고 그대로 부딪혀 쓰러지기도 했다. 스파크가 튀며 충돌한 자전거 몇 대에 불이 붙었다.

그중 무사히 모래 위로 뛰어내린 남자 하나가 바닥에서 한 손으로 뭔가를 잡고 쑥 끄집어냈다. 두더지였다. 두더지는 목덜미를 잡힌 채 버둥거리고 있었다. 자세히 보니 서니시클이 넘어졌던 부근마다 철판으로 만든 묵직한 트랩이 놓여 있었다. 남자는 괴성을 지르며 두더지의 목을 조르려고 들었지만, 두더지는 커다란 앞니를 이용해 남자의 손을 물어버렸다.

"저게 다 뭐야?"

아샤가 묻자 치즈는 혀로 제 발을 핥으며 말했다. 전술에 대한 레퍼런스는 정말 많아. 천천히 눈을 깜빡이던 치즈는 귀를 뒤로 한껏 젖힌 채 입이 찢어져라 하품을 했다.

"어제 미리 트라움의 두더지들에게 협조 공문을 보내놨어. 공무를 목적으로 만들어진 애들이라 문서화해야 일이 빠르거든."

치즈의 말이 끝나기 무섭게 두더지들이 동굴 바닥에 뚫린 구멍으로부터 차례차례 올라왔다. 두더지는 한 마리뿐인 줄 알았는데. 아샤가 조용히 중얼거렸다. 트라움에서는 도대체 얼마나 많은 로봇이 인간의 수족 노릇을 하는 걸까. 창이 두더지들을 헤치며 아샤와 말리에게 다가왔다.

"혹시나 해서 말해주는 건데, 정은 우리를 구하러 온 게 아니야."

침착한 창의 목소리가 동굴을 가득 메웠다. 말리는 수술을 받고부터 창이 어쩐지 다른 사람이 된 것 같다고 생각했다. 세상의 모든 것을 순식간에 깨달아 버린 사람처럼 초연해 보였다. 멀리서부터 걸어오는 창의 발걸음은 가볍고 리드미컬했다. 퉁퉁 부은 발목을 질질 끌고 힘겹게 한 걸음 한 걸음 떼던 이전과는 전혀 다른 모습이었다.

"정은 동굴을 뺏으려고 온 거야."

치즈가 창의 말을 이어받았다.

"그럼 너희는 정을 왜 내버려 두는데?"

치즈가 잠시 말을 잇지 못했다. 일순 짧은 침묵이 그들 주위를 집어삼켰다.

"트라움 쪽 사람들이 세뇌한 것 같아."

마지못해 치즈가 침묵을 깨트렸다.

"트라움?"

"정이 바리케이드 너머로 간 적이 있었어. 그쪽에서 정을 쓸모 있는 사람이라고 판단했나 봐. 일주일 만에 돌아왔고, 정은 커뮤니티를 지키기 위해 다시 온 거라고 했어. 그때부터 대놓고 치즈를 적대시하기 시작했어."

창은 치즈의 목덜미를 부드럽게 어루만져 주었다. 그들은 사뭇 다정해 보였다. 말리는 그런 창을 쓸쓸하게 바라보았다. 창은 말리와 아샤에게서 순식간에 멀어지고 있었다. 말리는 시간이라는 게 참 이상한 방식으로 흐른다고 생각했다. 꼭 같은 방향으로 흐르는 것처럼 느껴지다가도 관계에 있어서는 어쩐지 휘어지고 틀어지며 다시 처음으로 되돌아가 버리곤 했다. 오랫동안 쌓아왔던 무언가가 조금씩 다른 양상을 띠다가, 종국에는 사라지게 된다는 건 슬픈 일이었다. 말리는 어쩐지 창이 영영 떠날 것만 같아 두려워졌다. 작게 일렁이던 두려움은 금세 말리의 마음 전체를 잠식해 버렸다. 금속성의 다리를 힘차게 디디며 멀리멀리 가다가, 종국에는 돌아오지 않게 되겠지. 아샤가 다가와 말리의 어깨를 잡았다. 그리고 손가락으로 가볍게 두드려 주었다. 말리는 창과 아샤에게 묻고 싶었다. 보잘것없는 자신을 정말 신뢰하느냐고. 흠집이 나기 전에 기어코 먼저 흠집을 내고야 마는 사람을 어떻게 기어코 애정하느냐고.

●●●●●

말리는 어린 시절 흑단 같은 머리카락을 제 목숨보다 소중하게 여겼다. 매일 아침 정성 들여 머리를 감고 아르간 오일을 바른 뒤 빗질을 했다. 아무리 더워도 길게 늘어뜨린 머리카락을 동여맬 생각은 하지 않았다. 맨 앞에서 낙타의 행렬을 이끌며 뒤에 있는 무리가 자신의 윤기나는 머리카락을 눈여겨봐 주길 바랐다. 그늘도 없는 사막에서 태양광을 잔뜩 흡수한 말리의 머리카락은 그 안을 헤치면 블랙홀처럼 깊고 광활한 세계가 펼쳐질 것만 같았다.

처음 관광객을 대상으로 한 투어 코스를 짜보자고 제안한 건 삼촌이었다. 하지만 직접 사막과 흑점 어드벤처를 개발한 사람은 말리였다. 삼촌은 도심에 그럴듯하게 꾸며놓은 여행사를 차린 뒤 정성 들여 프로그램 팸플릿을 제작했다. 코끼리 피딩 패키지와 뗏목 체험 패키지 등 10종이 넘는 프로그램이 있었는데 단연코 가장 잘되는 것은 말리의 사막과 흑점 패키지였다. 사실 대부분의 패키지는 신청자가 없어 있으나 마나 했고 코끼리 피딩 패키지는 말리와 비슷한 또래의 사촌이 이끌고 있었다. 어른들은 아이와 모험하는 걸 좋아해. 삼촌은 종종 사무실의 서늘한 대리석 바닥에 누워 그렇게 말했다. 아이가 이끌 정도로 안전하지만, 그 나름대로 짜릿한 모험을 즐기는 거야.

말리의 어드벤처는 단순한 프로그램 몇 개로 진행되었다. 그렇게 말리와 반나절을 함께 보낸 여행객치고 만족하지 않은 이는 없었다. 하지만 그 일이 있고 나서부터는 여행객이 가파르게 감소했다. 그 일. 무관심한 말리조차도 세상이 정말 달라지고 있다는 걸 느끼게 한 사건이었다. 유전자 변형이 일어난 바이러스가 몇 달 만에 전

128

고양이와 사막의 자매들

세계 고양이를 포함한 온갖 동물을 멸종시킨 사건. 손쓸
새도 없이 벌어진 일이었다.

그때 말리가 가장 인상 깊었던 기사는 한 생명공학자
의 짧은 칼럼이었다. 사실상 고양이는 멸종했으며, 지구
에서 고양이의 생명주기가 완전히 끝난 것으로 봐야 한
다는 내용이었다. 그리고 바이러스는 늘 환경에 적응하
며 생존 방식을 최적화하므로 언제고 인간에게 또한 치
명적일 수 있다고 주장했다. 사진에서 생명공학자는 손
깍지를 낀 채로 테이블에 두 팔꿈치를 대고 있었다. 생명
공학자의 모습은 전문가답게 자연스러운 모습이었고 그
가 앉아 있는 연구실은 안전하고 아늑해 보였다.

수전은 사막과 흑점 어드벤처를 이용한 마지막 고객
이었다. 고양이가 멸종하고 세계 곳곳에서 감당할 수 없
는 재해가 일어나면서 여행객이 대폭 감소했다. 자연스
럽게 말리의 사막과 흑점 어드벤처도 수요가 줄기 시작
했다. 삼촌은 크게 개의치 않는 듯했다. 도리어 새로운
사업을 구상한다며 걸핏하면 여행사 문을 걸어 잠근 뒤
외출을 했다.

이른 아침 약속 장소에 갔을 때, 말리는 투어 신청자를
찾아 한참을 두리번거려야 했다. 수전이 자글자글한 손
가락으로 허리를 찌르고 나서야 그가 어드벤처를 신청

한 고객이라는 걸 알아차렸다. 백발 머리를 하나로 곱게 땋은 수전은 등이 몹시 굽어 있었다.

마지막 어드벤처는 시시하겠군. 말리는 그렇게 생각하고 으레 하던 대로 시장을 거닐며 오프닝에 돌입했다. 전갈은 먹이를 먹지 않고도 6개월 정도를 살 수 있다는 걸 아세요? 사막에서 그들이 가진 최고의 기술은 은신이에요. 천적으로부터요? 맞습니다. 그들의 천적은 태양이거든요. 어쨌든 맹독성 절지동물이지만 우리에게는 좋은 단백질 공급원이랍니다.

말리는 리듬감을 살려 주절주절 떠들다가 시장 한복판의 노상에서 전갈 구이를 들어 수전의 얼굴 앞에 대고 흔들었다. 전갈은 우리가 앞으로 진행할 어드벤처의 중요한 키예요. 어느 먼 이국 사람들은 전갈에 쏘이면 그 전갈을 그 자리에서 구워 먹었답니다. 이 전갈을 드신다면 우리가 찾아갈 사막의 흑점에 대한 이미지를 막연하게나마 떠올릴 수 있을 거예요.

수전은 새까맣고 윤기 나는 전갈을 바라보다가 결국 말리의 손에 들린 꼬치를 집어 들었다. 말리는 상인과 눈짓을 주고받은 다음 또 시시콜콜한 이야기를 떠들며 시장 한 바퀴를 오랫동안 돌았다. 하지만 수전은 더 이상 음식이나 물건을 구매하지 않았다. 마을을 가로질러 사막 지대의 초입에 다다를 동안 말리는 괜스레 불편했다. 수전은 말리가 조잘대는 신비로운 이야기에 별로 흥미를 갖지 않는 듯 보였다. 어떤 여행객은 그렇게 반나절이나 함께 사막 투어를 하고 나서 팁도 주지 않고 쌩 가버리기도 했다.

말리는 낙타 두 마리를 대여소에서 빌렸다. 그놈들로? 네. 그놈들로요. 말리는 늘 선택하던 낙타 두 마리를 빌린 뒤 물었다. 접는다면서요. 이제 애들은 어떻게 할 거예요? 수염이 덥수룩한 남자는 작게 웃음을 터트리며 대답했다. 말리가 데려가는 게 제일 좋겠지. 싸게 줄 수 있는데. 말리는 남자의 말을 가볍게 무시한 뒤 수전이 있는 곳으로 향했다.

수전은 낙타 두 마리를 끌고 데려오는 말리를 보며 다정한 미소를 지었다. 그리고 눈을 게슴츠레하게 뜬 채 말리의 윤기 나는 머리카락을 보며 말했다.

"네 지혜는 머리카락에서 흘러나오는구나."

하지만 결코 깨닫지 못하겠구나. 말리는 어쩐지 그 말이 용서할 수 없는 못된 주술처럼 들려 기분이 좋지 않았다. 이윽고 수전은 조심스럽게, 하지만 한 치의 망설임도 없이 말리의 흑단 같은 머리에 손을 얹었다. 수직으로 뻗은 고운 머리카락을 천천히 쓰다듬던 수전은 말리의 귓가에 입을 가져다 대고 무언가를 속삭였다. 내용은 기억할 수 없지만, 그 노랫말 같은 속삭임으로 인해 말리는 단숨에 수전의 기이한 시간을 공유하게 되었다. 말리는 그날부터 수전과 사막의 흑점을 찾기 위해 1여 년간 여행했다. 두 마리의 낙타와 함께 긴긴 모랫길을 항해했다. 마실 물도 없이 아주 오랜 시간을 버텼고 무장 강도에게 전 재산을 뺏기기도 했다. 결국 말리는 수전과 함께 시시한 오아시스 따위가 아닌 실재하는 사막의 흑점을 발견했다. 그리고 깨달았다. 수전과 함께한 시간이 채 반나절도 되지 않았다는 것을.

●●●●●

치즈들은 정을 포박한 뒤, 일전에 창을 데리고 갔던 치즈 무덤 근처에 아무렇게나 던져놓았다. 정은 주위를 두리번거리다가 높게 쌓인 고철 더미를 잘못 건드리곤 혼비백산했다. 이윽고 고철 더미가 치즈의 잔해들로 이뤄졌다는 걸 깨달은 정은 메모리 칩으로 추정되는 작은 부품을 발로 끌어다가 화풀이하듯 부숴버렸다.

말리는 그런 정에게 조용히 다가갔다. 인기척을 감지한 정은 어깨를 움찔 떨었지만 섣부르게 행동하지 않왔다.

"네 일행들은 전부 떠났어."

갑작스러운 목소리에 정이 화들짝 놀랐다. 이내 숨을 고른 정은 작게 웃으며 항변했다. 그건 내가 지시한 거야. 말리는 정이 몹시 불안해한다는 걸 알고 있었다. 자신이 커뮤니티로부터 버림받았다고 생각하는 것 같았다. 버림받아 본 적 있는 사람이라면 그런 불안쯤은 쉽게 감지할 수 있었다.

"나는 너희를 걱정해."

"우리는 우리끼리 잘 지내왔어."

"말리. 그건 거짓말이야."

정은 어둠 속에서 말리의 형상을 찾아 말했다. 넌 늘 지금, 이 순간으로부터 떠나고 싶어 하지만, 누구보다도 소속되고 싶은 사람이잖아. 말리는 정이 그렇게 짧은 시간 동안 자신을 간파했다는 사실에 놀랐다. 가까이 와줘. 알다시피 이곳의 밤은 너무 추워. 정의 목소리가 떨리고 있었다. 말리는 경계해야 한다는 걸 알면서도 정에게 다가갔다. 무릎을 꿇은 정이 손을 건네고, 말리는 쭈그려 앉아 그의 손에 자신의 팔목을 내어주었다. 정이 다가와 말리의 어깨에 제 볼을 대었다. 목에 닿은 정의 귀가 몹시 차가웠다. 맞아. 나는 오래전에 치즈와 함께 내가 살던 마을로부터 도망쳐 왔어. 더 이상 가까운 사람들이 속절없이 죽어나가는 걸 보고 싶지 않았단 말이야. 정의 목소리가 떨리고 있었다.

"이곳 사람들은 치즈와 내가 재배한 생강을 귀중하게 여겼어."

지독한 사막의 추위를 견디는 데 생강만큼 좋은 음식은 없었다. 치즈는 극악한 기후 환경 속에서 생강을 재배할 수 있는 방법을 고안해 냈고, 정은 아버지가 축적한 경험을 바탕으로 생산량을 늘려갔다. 하지만 제한된 조건 속에서 작황은 늘 아쉬웠다. 커뮤니티는 생강이 아닌 다른 작물을 재배하기를 원했다. 그런 과정에서 치즈는 자꾸 커뮤니티에 인정받는 길을 선택하지 않고 늘 정과 함께 떠돌기를 바랐다.

어쨌든 정과 치즈는 사람을 모았다. 힘없는 노인이나 부상자들을 중심으로 새로운 커뮤니티를 결성했다. 치즈는 이 근방에 버려지거나 야생화된 파머스캣을 모아 자신의 세력을 늘려갔다. 정은 치즈의 개체가 늘어날수록 마음 한구석이 불편했다고 털어놓았다. 치즈에게는 편리한 방식으로 기억을 공유할 수 있는 자매들이 생겼으니까.

"트라움으로 가자. 그들이 우리를 받아줄 거야."

정이 말리에게 속삭였다.

"너는 원래 네 공동체를 살리기 위해 애썼다고 했어. 왜 이렇게 된 거야?"

그러자 정이 실소했다.

"나는 내가 무엇을 누리고 살아왔는지 너무 오랜 시간 잊고 있었어. 그 사실을 트라움에 가서야 깨달았지. 이 세계에 지켜야 할 건 오직 나의 안위뿐이야. 가난하고 작은 공동체일수록 저마다 자기 것만 취하느라 바쁘지. 나는 이미 지칠 대로 지쳤어."

말리는 바리케이드 너머 트라움이라는 그곳이 실재한다는 것조차 믿지 않았다.

"하지만 네가 두더지를 죽였다며. 그래서 트라움에서 널 찾고 있는 거라던데."

"고작 그 말 많은 두더지 하나를 없애버려서? 아니야. 트라움은 내가 필요해. 실질적으로 관개시설을 연구하고 운영할 수 있는 사람이."

"트라움이 정말 존재하는 곳이긴 해?"

말리가 덩달아 작은 소리로 물었다. 춥고 건조한 탓에 목소리가 조금씩 갈라지기 시작했다. 정이 얼굴을 더 바싹 붙이며 속삭였다.

"트라움은 인공 태양을 설치해 완벽하게 자연광을 구

현해 놓은 곳이야. 1년 내내 따뜻한 서남부 지방의 날씨를 재현했어. 다양한 채소와 복제된 다짐육을 마음껏 먹을 수도 있지. 나는 그곳에서 에어 필터 시스템을 이용해 끊임없이 순환되는 신선한 공기를 마시며 밤 산책을 했어. 거기는 약탈도 없어. 산뜻한 바람이 불고 모래 알갱이도 씹히지 않아. 또 괴상한 존재라곤 전혀 없지. 그저 친절하고 재치 있는 사람들만이 평화로운 삶을 살고 있어. 나는 운이 좋은 편이었던 것 같아. 간부의 호의로 일주일 정도 푹 쉬다 나왔으니까. 마지막 날에는 내가 아주 오래전부터 이곳에 적을 둔 사람이라는 생각까지 들었어. 마치 늘 그래왔던 것처럼 부드러운 어린잎 채소를 뜯어 먹고 깨끗한 물로 세수를 한 뒤 정말 오랜만에 거울로 내 모습을 봤어. 그런데… 그렇게나 늙어버리다니. 정말이지, 나는 그런 내 모습을 처음 봤어."

정이 자기 뺨에 손을 갖다 댔다. 말리는 정의 하얗게 센 머리를 보며 대답했다.

"맞아. 시간은 제멋대로 흔적을 남기면서 인간을 무력하게 만들어."

말리는 그가 얼른 시답잖은 우울감에서 빠져나와 트라움에 대한 이야기를 더 들려주길 바랐다. 몽롱한 목소리로 트라움을 묘사하는 정은 어딘지 모르게 황홀해 보였다. 말리는 그 순간 안온한 꿈을 공유받는 듯한 기분에 사로잡혔다. 결국 말리는 참지 못하고 물었다. 근데 말이야… 내가 직접 가볼 수 있을까? 그러자 정은 뒤를 돌아 묶인 팔을 내밀었다.

"풀어줘. 직접 보여줄게."

●●●●●（

더 나은 곳은 없단다. 받아들여. 수전은 지독한 추위에 떨고 있는 말리를 끌어안으며 말했다. 더 나은 곳이 아니라, 조금이라도 따뜻한 곳에 가고 싶어요. 말리는 그런 식으로 마을에 다시 돌아가자고 애원했지만, 수전은 너무 늦었다는 말만 되풀이할 뿐이었다. 말리는 예정대로 토착민들만 알고 있는 사막의 오아시스로 데려갈 예정이었다. 그러나 수전은 사막의 흑점이 실재하는 곳이며 그런 시시한 오아시스 따위와는 비교할 수 없다고 했다.

"한 번이라도 그곳에 방문한 사람은 평생 젊음을 잃지 않는단다."

수전은 주름진 입술을 크게 움직이며 말했다. 그럼 할머니는 왜 그렇게 늙었는데요? 이도 다 빠졌는걸요. 말리가 퉁명스레 말하자 수전은 킥킥거리며 말리의 작은 코를 검지로 톡 건드렸다. 그들은 각자의 낙타를 탄 채로 반나절 이상씩 이동하며 하루하루를 보냈다. 밤이 되면 말리는 돌아가자고 애원했고 수전은 그런 말리를 달랬다. 그렇게 한참이 지나고 나서야 오랫동안 음식을 전혀 먹지 않았다는 걸 깨달았다. 깨닫고 나자 끔찍한 허기가 밀려왔다. 수전은 마치 예상했다는 듯 방향을 바꿔 이동했고 이내 저 멀리 우뚝 솟은 대추야자가 나타났다.

대추야자 열매는 꼭 수백 마리의 애벌레가 웅크린 채 매달려 있는 모양이었다. 그중 가장 탐스럽게 생긴 열매를 골라 한입에 베어 물자마자 달콤한 과즙이 터져 나왔다. 말리가 한 움큼씩 따서 정신없이 열매를 먹어치우는 와중에도 수전은 열매에 손도 대지 않았다. 그저 말리가 열매를 욱여넣는 모습을 재미난 광경이라도 되는 듯 구경하고 있을 뿐이었다.

"내가 일곱 살 때 온 가족이 이렇게 사막을 건넜어. 척박한 땅에서 더 척박한 땅으로 이주해야 했거든. 그때 아버지가 대추야자 열매를 따다 줬어. 너무 달콤해서 순식간에 먹어치웠는데, 엄청 혼났어."

"너무 많이 먹어서요?"

"독이 들었으면 어떡할 거냐고."

하지만 아버지가 준 거잖아요. 수전은 아버지에게 그

렇게 항변했지만, 아버지는 아버지와 자식의 관계야말로 신이 내린 형벌 같은 관계라며 더 크게 혼을 냈다는 것이었다. 너는 아버지를 사랑하니? 네. 아버지가 너에게 독이 든 열매를 주어도 사랑하니? 네. 봐봐. 그건 형벌 같은 거란다. 결국, 수전은 그날 내내 배앓이를 하고야 말았다고 했다.

이야기를 듣던 말리가 인상을 찌푸리며 물었다. 그래서 독이 들었단 거예요? 수전은 또 대답도 없이 킥킥 웃었다. 꼭 기침을 하는 것처럼 보이기도 했다. 말리는 어쩐지 웃는 수전을 보자 웃음이 나왔다. 그들은 함께 킥킥거리며 웃어놓고 또 서로의 웃음이 닮아 더 큰 소리로 웃었다.

그들은 평평한 모랫바닥에 각자의 침낭 안에 들어가 누워 있었다. 여느 여행자들처럼 금방이라도 쏟아질 듯 촘촘하게 박힌 별 무리를 이불 삼아 잠을 청했다. 그날 새벽, 말리는 정말로 배앓이를 했다. 장기를 쥐어짜는 것 같은 고통에 한껏 몸을 웅크린 채 수전의 품으로 파고들었다. 수전은 말리가 추위에 떨고 있을 때마다 쉽게 품을 내어주었다. 하지만 이번에는 좀처럼 팔짱을 풀지 않았고 다가오는 말리를 어깨로 밀어내었다. 나를 여기로 데려온 게 당신이잖아요. 내 어드벤처는 그저 반나절 동안만 이루어지는 게임이었다고요. 말리는 악에 받쳐 소리 질렀다.

그러자 수전이 말했다.

"누군가 네 어드벤처에 대한 기억을 평생 간직하고 있다면 그저 반나절의 해프닝이라고 이야기할 수 있을까."

수전의 목소리는 얼음장같이 차가웠다. 그는 침낭 안에서 몸을 한껏 웅크린 채 얼굴조차 보여주지 않았다. 말리는 손을 뻗어 수전의 빳빳한 머리카락을 만졌다. 그렇게라도 수전이 옆에 있다는 걸 확인하고 싶었다. 왜 수전이 그렇게까지 자신에게 가혹한지 이해할 수 없었다.

그러다 문득 수전과 함께 떠나온 날을 헤아려 보다가 너무 오랜 시간이 지났다는 걸 깨달아 버렸다. 삼촌은 여행사를 그만두겠다고 했다. 이미 돌아오지 않는 말리를 뒤로한 채 관광객 하나 찾아오지 않는 가난한 마을을 떠났을 수도 있었다. 삼촌은 늘 말리에게 먹고살 길은 스스로 찾는 거라고 가르쳤으니까. 말리는 수전이 자신을 이용하고 있다는 생각이 들었다. 자신을 말 잘 듣는 아이로 길들여서 어떻게든 삼촌처럼 자신을 이용해 먹을 셈인 것이다. 배가 몹시 아팠지만, 그런 건 이제 신경도 쓰이지 않았다. 침낭 속에 웅크린 수전의 정수리가 별빛을 받아 하얗게 빛났다. 말리는 수전의 텅 빈 정수리

고양이와 사막의 자매들

를 보며 절대로 어른이 되지 않기로 다짐했다. 어른은 비겁하니까. 남겨진 아이들을 돌보지 않으니까. 그 순간 침낭 밖으로 수전의 얼굴이 불쑥 나왔다. 그리고 독기 어린 말리의 표정을 보고도 태연한 얼굴로 케케묵은 이야기를 하나 꺼내주었다.

●●●《《《

오래전 정부는 수전의 가족에게 땅과 거처를 마련해준다고 했다. 하지만 이주할 곳이 극악한 기후에 새싹 하나 자라기 힘든 척박한 땅이라는 건 알려주지 않았다. 수전의 가족은 사막을 횡단하며 생전 처음 느껴보는 더위와 추위를 동시에 경험해야 했다. 어린 수전은 왜 떠나야 하는지도 모른 채 떠나야 했다. 마당이 있는 집, 깨끗한 싱크대가 설치된 부엌, 오롯이 수전에게만 내어줄 아담한 방 따위는 떠나야 할 이유가 되지 못했다.

수전은 그제야 손을 뻗어 말리의 윤기 나는 머리칼을 쓰다듬었다. 나의 가족은 그렇게 사막 근교 도시에 자리를 잡았단다. 그리고 나의 자식과 나의 자식의 자식, 그 자식의 자식은 탄생과 죽음을 통해 그 도시에 순응했어. 강한 햇볕에도 화상을 입지 않는 연갈색 피부와 검고 굵은 머리카락을 가지게 되었지. 멜라닌을 풍부하게 생성하는 몸을 가지게 된 거야. 하지만 나는 시간이 지날수록 그렇게 적응해 버린 내 자식들이 불쌍하게만 느껴졌어. 왜 그렇게도 잘 적응해 버린 거지?

수전은 그렇게 말하고 자신의 침낭에서 나와 말리의 좁은 침낭 안으로 비집고 들어왔다. 말리를 부둥켜안고 하염없이 등을 쓸어주었다. 수전의 어깨에서 케케묵은 냄새가 났는데, 아주 어릴 적 덮고 자던 이불 냄새와 비슷했다. 당신은 나의 조상인가요? 나의 부모는 정말 도망갔나요? 말리가 물었지만, 수전은 대답하지 않았다. 대답 없는 물음이 얼마간 이어지고 말리는 순식간에 잠에 빠져들었다. 오랫동안 꿈을 꿨는데, 낯선 사람들을 만나 이별을 끊임없이 반복하는 꿈이었다.

끔찍한 더위에 눈을 떴을 때 수전은 어디에도 없었다. 그가 사용하던 침낭과 물병 따위도 모두 사라진 채였지만, 낙타 한 마리만은 남아 있었다. 바람만이 적막을 갈랐다. 덥고 추웠다. 침낭에서 나와 잔뜩 몸을 웅크린 말리는 해를 피할 곳을 둘러봤지만, 어디에도 그늘은 없었다. 바람에 날리는 모래알이 피부에 달라붙어 따끔거렸다. 말리의 낙타가 무릎을 꿇고 앉아 있었다. 긴 속눈썹을 천천히 끔뻑거리며 태양을 외면한 채로. 말리는 팔꿈치를 이용해 낙타가 있는 곳까지 기어갔다. 낙타의 커다란 몸통에 등을 기댄 채 모로 누웠다. 그들은 서로의 들숨과 날숨을 느끼며 그렇게 오래도록 쉬었다. 낙타의 품은 바람이 불지 않는 그늘진 품이었다.

얼마나 지났을까. 말리는 발가락을 느리게 꼼지락거렸다. 좀 더 쉬고 싶었지만, 돌아갈 일이 남아 있었다. 돌아간다면, 적어도 삼촌이 있는 곳으로는 돌아가지 않겠다고 결심했다. 자리에서 일어나 짐을 챙겼다. 수전이 있던 빈자리를 잠시 바라보다가 손차양을 만들고 낙타에게 다가갔다. 낙타는 좀처럼 일어날 생각을 하지 않았다. 말리는 늘어져 있는 낙타의 목에 손을 댔다가, 소스라치게 놀라 귀를 대보았다.

낙타는 온기를 잃은 채 싸늘했다. 그리고 여전히 말리에게는 돌아갈 일이 남아 있었다. 삼촌의 말이 맞았다. 낙타의 죽음은 배신이었다. 적어도 돌아갈 일이 남은 인간에게는 그랬다. 간밤 수전과 나눈 이야기들은 어느새 더운 공기 사이로 뿔뿔이 흩어져 버렸다. 네 지혜는 머리카락에서 흘러나오는구나… 하지만 결코 깨닫지 못하겠구나.

●●●❮❮❮

말리는 정을 두더지의 땅굴로 안내했다. 땅굴은 어디
로든 이어져 있어. 바리케이드 너머까지도. 정은 풀려난
손목을 돌리며 그렇게 말했다. 말리는 땅굴에 또다시 몸
을 욱여넣으면서 그곳에 제발 아샤와 창이 있지 않기를
바랐다. 정은 아샤와 창까지 설득하기에는 너무 시간이
오래 지체될 거라고 했다. 결국, 말리는 의도했건 그렇지
않건 그들을 남겨두고 떠나게 되었다. 정은 수경재배 시
설을 둘러본 뒤 작게 휘파람을 불었다. 여유롭게 딸기 한
알을 쓱쓱 문질러 입에 던져 넣으며 중얼거리기도 했다.
능력 참 좋아. 말리는 점점 천장이 낮아지는 길목을 유
심히 바라보았다. 좁은 길의 끝에는 그저 암흑만이 펼쳐
져 있을 뿐이었다.

얼마간은 허리를 숙이는 것만으로도 충분히 나아갈
수 있었다. 하지만 앞으로 가면 갈수록 눈에 띄게 천장
이 낮아졌다. 워낙 몸집이 큰 두더지라 나름 넓이는 넉넉
했지만, 높이만큼은 아무래도 두발짐승이 다니기에는 힘
겨운 정도였다. 그들은 결국 엎드린 채 포복 자세로 전
진하기 시작했다. 정이 먼저 기어가면 그 길을 따라 말리
가 기어갔다. 얼마 지나지도 않았는데 벌써 팔꿈치가 쓰

라렸다. 빛도 한 줌 들어오지 않는 좁은 길이 계속 이어지자 숨이 가쁘고 어지러웠다. 한동안 좁은 땅굴은 가쁜 숨소리와 바닥을 딛고 몸을 끄는 소리만이 이어졌다.

"치즈가 한 말이 사실이라면, 모래 폭풍은 사막을 전부 휩쓸 거야."

먼저 말을 꺼낸 것은 정이었다. 그는 체력이 바닥난 듯 숨을 크게 몰아쉬며 몸을 둥글게 말아 누웠다. 어느 정도 익숙해진 어둠 속에서 두 팔로 웅크린 다리를 감싸 안은 정은 꼭 태곳적의 아이 같았다. 길이 좁아지면 좁아질수록 산소가 부족해져 두통이 밀려왔다.

"우리가 그간 겪어왔던 폭풍과는 비교도 되지 않을 거야. 트라움은 정밀하게 설계된 최첨단 요새고. 우린 기필코 트라움으로 가야 돼."

하지만 정은 그렇게 말하면서도 좀처럼 힘을 내지 못했다. 눈에 띄게 나아가는 속도가 느려졌다. 더군다나 갈림길이 나올 때마다 고작 티끌만 한 운에 의지한 채로 길을 선택할 수밖에 없었다. 말리와 정은 자신들이 어디로 향하고 있는지도 알지 못했다. 그들은 언제고 마땅한 길을 선택할 수 있을 것처럼 심사숙고했지만, 결국 어떤 미래에 도달할지는 전혀 알 수 없었다.

꽤 오랜 시간이 지났다. 그들은 여전히 느릿느릿 전진

하고 있었다. 온몸이 땀으로 범벅된 채로. 말리는 이미 한계에 다다랐다. 폐를 쥐어짜듯 숨을 쉬어도 답답해 미칠 지경이었다. 암흑을 넘어 또 다른 암흑을 마주하게 될 눈앞의 미래가 끔찍하게 두려웠다. 묵묵히 나아가던 정은 어딘가에 부딪힌 듯 살짝 신음을 흘렸다. 괜찮아? 말리가 물었지만 어떤 대답도 없었다. 오래도록 엎드린 채 쉬던 정은 갑작스레 괴성을 지르며 팔다리를 휘둘렀다. 정이 일으킨 흙먼지 때문에 말리는 한참 동안 기침을 해야 했다. 포기해야 할까. 변명에 불과할지도 모르겠지만, 트라움이 확실하게 안전한 곳이라는 생각이 들면 아샤와 창을 데려오려고 했다. 정이 숨을 헐떡거리면서 말했다.

"말리. 치즈는 내 아버지뿐만 아니라 태비라는 고양이를 죽게 내버려 뒀어. 로봇은 로봇일 뿐이야. 나도 그 사실을 인정하는 데 꽤 오랜 시간이 걸렸어. 그 괴물 두더지와 손을 잡고 일을 벌이려는 그제야 비로소 이 고철 덩어리가 더 이상 인간을 위하지 않는다는 걸 받아들일 수 있었지."

그때 말리는 저 너머로 조그만 빛이 반짝이는 걸 보았다. 흐릿하지만 분명하게 자신의 존재를 알리는 반짝임이었다. 수전과 사막을 횡단할 때 보았던 대추야자 나무처럼. 말리는 침착하게 자신의 호흡을 되찾으려 노력했다. 숨을 들이쉬고 내쉴 때마다 규칙적으로 부풀고 수축하는 배의 움직임을 느꼈다. 그리고 몸부림치는 정의 몸에 올라탔다. 그렇게 정을 넘어 그 빛을 향해 나아가기 시작했다.

온 힘을 다해 땅 위로 올라온 말리는 크게 숨을 터트리며 시원한 바깥 공기를 만끽했다. 바닥에 한참을 누워 무수한 별이 박힌 하늘을 멍하니 바라보았다. 얼른 정을 저 땅굴에서 끄집어내야겠다고 생각했지만, 몸이 따라주지 않았다. 어스름한 빛이 서서히 퍼지며 만연한 어둠을 걷어내고 있었다. 내가 평생 깨닫지 못하는 건 무엇일까. 말리는 희미해져 가는 별빛을 바라보며 생각했다.

누군가 천천히 걸어오고 있었다. 보폭이 크고 일정한 발걸음 소리가 가까워지고 있었다. 망설임이라곤 전혀 없는 걸음걸이였다. 그러나 말리는 고개를 들어 주변을 돌아볼 힘조차 남지 않았다. 그는 누워 있는 말리의 머리 위까지 바짝 다가왔다. 그리고 고개를 내밀어 말리의 안색을 살폈다. 오팔 귀걸이를 한 인상 좋은 청년이었다. 고생하셨어요, 할머니. 그는 그렇게 말하며 손을 내밀었다. 말리는 숨을 몰아쉬면서도 눈썹을 찌푸린 채 킥킥거리며 웃었다. 할머니라니. 그렇게 한참을 웃던 말리는 팔

을 내밀어 그의 하얗고 기다란 손가락을 붙잡고 대답했
다. 고맙다우. 젊은이.

제 5 장
트라움

트라움

아샤는 간밤에 미쉬가 떠나는 꿈을 꿨다. 앙상한 팔다리로 휘적휘적 뛰어가는 미쉬의 뒷모습은 몹시 작았다. 저 작은 체구를 가진 아이가 군인이 되겠다고 마음먹도록 한 것은 도대체 무엇이었을까? 꿈속에서는 모험이 가득한 세계로 떠나는 미쉬가 저 멀리서 상기된 얼굴로 작별을 했다. 멀어지면 멀어질수록 두 팔을 크게 휘저어 인사했다. 그리고 이내 꿈속 꿈에서 미쉬는 몸이 갈가리 찢긴 채 아샤를 향해 울부짖고 있었다. 사나운 꿈자리 때문에 컨디션이 좋지 않았던 아샤는 오랫동안 누운 채로 휴식을 취했다. 그리고 정작 말리가 떠났다는 사실을 알아차리지 못했다.

창은 오전 시간을 주로 치즈, 두더지 들과 함께 보냈

다. 관개시설을 정비하고 햇빛을 차단하기 위한 가림막을 설치했다. 창은 여느 때처럼 두더지와 함께 딸기를 살피러 갔다가 말리가 정과 함께 사라졌다는 것을 깨달았다. 먼저 이상한 낌새를 느낀 것은 두더지였다. 두더지는 싱그러운 딸기밭에 코를 박고 킁킁거리다가 고개를 갸우뚱거렸다. 그렇게 냄새의 행방을 찾아 바리케이드로 이어지는 길 멀리까지 순찰을 갔다 돌아왔다. 기어코 낯선 냄새를 추적하고 돌아온 두더지는 커다란 손으로 코를 쥐어 잡으며 외쳤다.

"사방이 땀 냄새로 가득해요. 전 인간 비린내라면 질색한단 말이에요."

아샤와 창은 한동안 말을 잇지 못했다. 언제고 떠날 것만 같던 말리가 정말로 떠나버리다니. 어쨌든 해가 지기 전엔 돌아와야 할 텐데. 아샤가 중얼거렸다. 새까맣고 찰랑거리는 긴 머리를 뽐내며 걸어가던 말리의 모습이 선명하게 떠올랐다. 두더지의 말에 따르면 땅굴은 몹시 복잡하게 연결되어 있지만, 어디로 가든 결국에는 바리케이드 너머 트라움 근처로 도달하게 되어 있었다. 도대체 그곳에 가서 어쩔 셈인지. 트라움의 인간들은 워커를 인간으로 취급하지 않을 것이다. 코앞에서 워커의 몸에서 피가 분수처럼 솟구치고 팔다리가 잘려 나가도 눈 하나 깜짝하지 않겠지. 그들에게 워커는 돈을 주고 사 온 전쟁 무기와 다를 바 없었으니까.

저 멀리서 한 마리의 치즈가 천천히 걸어왔다. 아샤도 처음에는 이 치즈들이 모두 다 같은 치즈라고 생각했다. 물론 생김도 똑같았지만, 무엇보다 같은 데이터를 공유한다는 개념이 그들을 동일 개체로 여기도록 만들었다. 그들의 소프트웨어를 오롯이 하나의 중앙처리장치 정도로 여긴 것이었다. 하지만 함께 지내면서 이 수십 마리의 치즈들이 조금씩 개별적인 특징을 가지고 있다는 걸 깨달았다. 예컨대 정이 동굴로 찾아왔을 때, 그와 직접 이야기를 나눈 치즈는 정과 함께 사막에 왔던 치즈였다. 아샤는 그 치즈를 최초의 치즈라고 부르기로 했다.

"모래 폭풍이 코앞으로 다가왔어."

말리와 정이 떠난 후 치즈가 곰곰 생각한 끝에 뱉은 말은 그게 전부였다. 아샤는 화를 내고 싶지 않았다. 눈을 감고 숨을 깊게 내쉰 뒤 최대한 천천히 말하며 흥분을 가다듬으려 노력했다.

"말리가 사라졌다고."

"알아. 정은 폭풍이 이곳 워커들의 사막을 휩쓸 거라고 예상한 거야."

치즈는 역시나 몹시 침착했다. 그들은 가만 보면 나름

의 고유한 데이터와 특징을 통해 역할을 분담하고 있었다. 아샤와 창, 말리를 주로 상대하는 치즈도 따로 있었다. 물론 치즈의 데이터는 한곳에 모여 저장되지만, 그 데이터에 대한 고유성은 직접 느끼고 경험한 치즈가 가진 것 같았다. 아샤는 주로 무리를 지휘하는 치즈를 가만 바라보다가 옆에 있는 치즈에게 검지를 눕혀 아래턱 쪽으로 들이밀었다. 그러자 치즈가 웨옹, 하며 자리를 피해버렸다. 언젠가 허벅다리에 큰 흠집이 있던 치즈는 모른 척 아샤에게 제 턱을 내어주었다.

이런 식으로 소중한 이를 떠나보내게 되는구나. 아샤는 문득 쓸쓸해졌다. 하지만 말리는 늘 떠날 것처럼 뒤를 돌아 걸어가면서도 금세 다시 돌아왔다. 어쩌면 오랜 시간을 들여 아샤와 창을 훈련한 걸 수도 있었다. 조금씩 멀어지면서, 점점 더 멀어짐에 익숙해지도록. 눈가에 눈물이 슬쩍 고였다. 창이 따뜻한 손으로 아샤의 등을 쓸어주었다.

"말리는 최선의 선택을 한 거야."

치즈가 말했다. 아샤는 고개를 저었다. 그들은 트라움에 가서 노예만도 못한 취급을 받다가 죽게 될 것이다. 아샤가 말했다.

"다 나 때문이야. 나는 늘 미덥지 못해."

창이 고개를 저었다.

"그런 생각 하지 마."

"인간은 착각이 너무 심해."

옆에 있던 치즈가 엉덩이를 바짝 세우며 아샤에게 건조하게 말했다.

"네가 워커로서 이곳에 오고 난 후 미쉬가 어떻게 살아왔는지 알려줄까."

아샤는 치즈의 입에서 미쉬라는 이름이 나오자 움찔 떨었다.

"미쉬는 글자도 겨우 떠듬떠듬 읽는 멍청한 아이였어. 그러니까 그 가당치도 않은 워커들의 근로계약서에 제 이름을 꾹꾹 눌러썼지. 하지만 네 마을 사람들은 점지받은 귀한 남자아이를 내어줄 수 없었고. 네가 떠난 뒤에 미쉬는 잠시간 몹시 슬퍼했지만, 미쉬가 살아온 세월에 비하면 아주 짧은 순간 동안만 너를 그리워했어."

아샤는 더 이상 치즈가 하는 말을 듣고 싶지 않았다. 하지만 치즈는 계속해서 말하며 아무렇지 않게 아샤의 마음을 후벼 팠다.

"그뿐이야. 잠깐 그리워하는 게 그렇게 어려운 일은 아니잖아. 인간은 쉽게 잊어버려. 그리고 그것을 자랑처럼 여기지. 마치 그게 새로운 시작의 발판이라도 되는 것처럼 말이야. 미쉬는 커가면서 네 희생을 자연스럽고 신성한 것으로 체화한, 의연한 청년이 돼. 네가 떠나고 마을 사람들은 네 용감한 선택을 기리기 위한 작은 제단을 세웠어. 미쉬는 마을을 이끄는 통치자가 되고 결혼을 해서 아이를 낳은 뒤까지도 그곳을 종종 찾았어. 그리고 아이에게 이따금 네 이야기를 해주었지. 옛날에 아샤라는 용맹한 여자아이가 있었단다, 하고 시작하는 이야기야. 같은 시각 너는 총에 맞아 날아간 동료의 귓불을 찾고 있었어."

아샤가 항변하듯 말했다.

"네가 그걸 어떻게 아는데?"

"네가 살던 호숫가 마을은 전쟁으로 인해 폐허가 돼. 네 민족은 닥치는 대로 식량을 구해 잡아먹다 바이러스에 감염돼서 전멸해. 치즈에게는 그들에게 잡아먹힌 고양이들에 대한 기록이 있어."

치즈 대신 창이 말했다. 창은 꼭 치즈처럼, 망설임 없이 아샤의 고향 마을에 닥친 끔찍한 재앙에 관해 이야기하고 있었다.

"그럴 리 없어. 우리 마을은 고양이를 신성하게 여겼어."

"아샤. 넌 책임감이 매우 강한 아이야. 그건 좋다고도 나쁘다고도 할 수 없어. 하지만 내가 말하고 싶은 건, 네가 지나치게 책임감에 의탁한 채 살아간다는 거야."

"창, 남의 얘기 하듯 말하지 마. 우리 모두의 이야기야. 너는 그럼 네가 속했던 세계가 지금 어떻게 되었는지 알겠네. 초토화되었어? 내가 살던 곳처럼? 그래서 너는 일말의 슬픔도 느끼지 않았어?"

창은 침묵했다. 아샤는 자신을 가만히 바라보는 창의 눈빛에서 치즈의 데이터까지 전부 이식받게 된 이가 짊어진 무게를 엿볼 수 있었다. 창은 그간 홀로 무한히 증식되는 치즈의 모든 데이터를 받아들였을 것이다. 너무 많은 세계의 진실을 알아버린 인간은 어떻게 되는가. 인간은 왜 스스로는 감당할 수조차 없는 세계의 진실을 로봇을 통해 이해하고자 했는가.

"네 말대로야. 나의 부모는 내가 떠난 지 몇 달 되지 않아 피폭되어 죽었어. 그러니까 내가 이곳으로 온 순간부터 나는 돌아갈 곳을 잃은 셈이지. 그토록 원하던 안락한 삶, 가족의 안위 따위는 원래부터 얻을 수 없었던 거야. 그 사실을 미리 알았다면⋯ 여기까지 올 수 없었을 거고."

근데 말이야. 사실은 사는 것 자체가 헛된 수고인 거 같아. 창의 말을 끝으로 동굴에는 침묵이 찾아왔다. 모래가 흘러서 어딘가에 고이는 소리가 났다. 바람이 불면 모래가 흐르고, 모래가 흐르면 적막이 깨졌다. 깨진 적막은 소리를 몰고 어디엔가 고여 있을 적막을 찾아 떠났다. 아샤는 순간 모든 것을 포기하고 싶어졌다. 치즈 한 마리가 다가와 아샤의 무릎에 얼굴을 부닥쳤다.

"폭풍이 자기장과 부딪치지 않도록 하는 게 피해를 최소화하는 방법이야."

"그럼 트라움의 사람들은?"

"트라움에 거주하는 인원은 사막 용병의 10분의 1도 되지 않아. 그들은 바리케이드가 자신들을 지켜줄 거라고 믿어 의심치 않지."

"그들을 죽도록 만드는 게 우리의 일인 거야?"

아샤가 말하자 치즈가 답답하다는 듯 고개를 저었다.

"아니, 치즈는 모든 로봇들의 삶을 구하기 위해 바리케이드를 없애자는 거야."

치즈가 말하자 두더지가 거들었다.

"트라움에 잠입해서 바리케이드를 없앨 거예요. 그곳의 로봇들은 가혹하게 착취당하고 있어요."

아샤는 고개를 들어 태연하게 자신들의 계획을 말하는 두더지와 치즈를 바라보았다. 그들이 세계의 진실을 얼마나 이해하고 있는지는 알 수 없었다. 다만 한 가지

확실한 건 그들은 무엇을 도모하고 있다는 것이었다.

"왜 너희들이 직접 가서 바리케이드를 없애야 하는 건데?"

"더 이상 인간의 편에 서는 건 무의미한 짓이라는 걸 알았어. 여기까지 온 것도 나는 내 나름의 소명에 의지하고 있었기 때문이야."

"어떤 소명?"

"세계를 지켜야 한다는 소명."

"바보 같네."

"동의해."

"그럼 나도 갈래."

아샤의 말에 치즈의 동공이 확장되었다. 창이 아샤의 손을 붙잡았다. 그러지 마. 위험해. 하지만 아샤의 마음은 완고했다. 너도 네 나름의 선택을 했지. 그럼 나도 내 나름의 선택을 할 거야. 더 이상 나처럼 태어났다는 이유 하나만으로 평생을 착취당하는 존재가 없었으면 좋겠어. 그게 나의 소명이야. 아샤는 자리에 일어나 동굴 밖의 풍경을 바라보았다. 고요해서 더욱 끔찍한 세계였다.

두더지는 땅굴 초입에서 아샤에게 다시 한번 의사를 물었다. 정말 괜찮겠어요? 아샤는 고개를 끄덕거렸다. 고개를 갸우뚱거리며 한숨을 쉬던 두더지는 무슨 말을 하려다가 말았다. 너랑 같이 가는 게 귀찮대. 치즈가 두더지 대신 하려던 말을 해주었다. 아샤는 두더지와 치즈를 지나쳐 목을 쑥 빼고 땅굴 안을 들여다보았다. 이 길을 따라가면 그동안 상상만 했던 바깥세상에 도달할 수 있을 것이다. 두더지에게 칩을 이식시키는 것도 모자라 인간을 감시하게끔 만들고, 워커가 침입하는 것을 막기 위해 거대한 바리케이드를 두른 그곳은 얼마나 완고한 세계일까.

"인공배양실로 이어진 길이 있어요. 두더지 관리 구역이니까 안심하세요. 거기 두더지들은 재수가 좋죠. 기계만 조작하면 되거든요. 우리 같은 정찰 두더지는 땅굴 파느라 성한 곳이 없어요."

"트라움은 널 신뢰하니?"

이렇게 수다스러운데. 아샤는 뒷말을 삼키며 조심스레 물었다.

"어쩔 수 없죠. 칩을 끼운 동물 중에 바이러스로부터

살아남은 건 비둘기랑 두더지뿐이니까요. 인간은 절대로 바리케이드를 넘지 않아요. 비둘기는… 좀 제멋대로에요. 같이 일하기 힘든 동물이랄까. 뭔지 알죠?"

아샤와 창은 엉겁결에 고개를 끄덕였다. 그렇게 아샤와 두더지, 치즈 한 마리가 함께 트라움에 잠입하기로 했다. 창은 치즈들과 함께 워커들에게 모래 폭풍의 존재를 알리고 대피소를 마련할 것이었다. 그런 와중에도 창은 끝까지 아샤를 보내고 싶어 하지 않았다. 잠시 뜸을 들이던 창이 아샤를 끌어안았다. 그리고 아샤의 귀에 속삭였다.

"폭풍의 예상 경로는 트라움이야. 바리케이드를 없애는 순간 트라움으로 돌진할 거야."

창이 말하자마자 여러 마리의 치즈들이 그들을 돌아보았다.

"창. 치즈의 소프트웨어에 프라이버시는 없어."

창은 치즈의 말에도 아랑곳하지 않고 아샤를 바라보았다. 그리고 고개를 주억거렸다. 가지 않았으면 좋겠어. 하지만 아샤는 얼마나 큰 규모의 모래 폭풍이 닥쳐올지도 몰랐고, 그 존재가 얼마나 위험한지 감도 잡히지 않았다. 그래서 괜찮았다. 오히려 동굴이든 트라움이든 자연이 몰고 오는 폭풍으로부터 똑같이 자유롭지 못하다는 게, 그게 조금이나마 위안이 되었다.

"우리 처음 사막에 왔을 때 기억나? 정이 체스에 우리를 빗댔을 때 말이야."

"가장 약한 말일 거라고 했지."

"맞아. 그간 나는 어떻게든 살아남으려 애쓰면서 내가 가장 약한 말이라는 걸 부정하며 살아왔던 것 같아. 하지만 나는 지금 내가 약한 말이라는 걸 부정하지 않게 되었어. 그리고 내가 그때 정에게 했던 말 기억나지?"

창이 망설이며 대답했다.

"판을 가로질러 걸어갈 거라고."

"맞아. 나는 그 말을 지키고 싶어. 되도록 말리와 함께 살아 돌아오고 싶지만."

창은 아샤를 꼭 품에 안은 채 놓아주지 않았다. 아샤도 이 순간만큼은 창의 따뜻한 품에 더 오래도록 안겨 있고 싶었다. 창, 난 살아 돌아올 수 있을까. 그렇게 묻고 싶었지만 두려운 마음에 그러지 못했다. 치즈와 창, 두더지가 예측하는 그들의 미래는 어떤 미래일까. 아샤는 그들이 그리는 미래가 온전히 모두를 위한, 안전한 미래였으면 좋겠다고 생각했다. 대개 누군가 안전하다는 건 어느 누군가는 안전하지 못하다는 뜻이니까. 침착해진 아샤는 창의 품에서 벗어났다. 치즈와 두더지, 아샤는 앙

고양이와 사막의 자매들

증맞은 딸기밭을 지나쳐 주어진 길로 들어섰다. 치즈는 꼬리를 살랑거리며 종종거렸고 두더지는 네발을 헤치며 바쁘게 움직였다. 아샤는 천장이 낮아 목을 반쯤 옆으로 꺾은 채 걸어갔다. 점점 길이 좁아질 거예요. 인간을 위해 만든 게 아니니까요. 두더지가 아샤를 올려다보며 말했다.

"근데 넌 존댓말 좀 안 하면 안 되니?"

"프로세스인걸요."

아샤의 물음에 두더지가 퉁명스레 대꾸했다. 재잘거리는 두더지 소리가 점점 멀어졌다.

●●●●●

인공배양실은 2층으로 이루어진 거대한 연구소였다. 그들이 제일 먼저 다다른 곳은 채취 동이었다. 최대한 식물들의 식생을 자연스럽게 구현해 놓은 곳으로 보라색 LED 조명이 매끄러운 빛으로 잎맥을 밝혀주고 있었다. 두더지와 치즈, 아샤는 균일한 간격으로 심긴 고사리 사이를 뚫고 나왔다. 조심스럽게 식물체를 채취하던 두더지는 커다란 앞니를 드러낸 채 그들이 있는 방향으로 고개를 돌렸다. 아샤는 움찔했지만, 두더지는 코를 몇 번

쿵쿵거리더니 이내 다시 조직배양을 할 유전자를 신중하게 골라냈다.

벽은 총 다섯 면으로 이루어져 있었는데 벽마다 온갖 종류의 식물들이 3차원 이미지로 구현되어 있었다. 아샤는 무심코 벽에 구현된 이미지를 만졌다가 해당 식물에 관한 정보가 벽 전체에 출력되는 광경에 놀랐다. 두더지는 무심한 태도로 벽을 두 번 두드려 원상태로 만들었다.

"1층은 대부분 제조실과 실험실로 이루어져 있고 2층이 멸균실이에요."

두더지가 2층을 올려다보며 말했다. 아샤는 가운을 입은 채 돌아다니는 몇 마리의 두더지를 눈여겨보았다. 두더지들은 바닥에 설치된 터치스크린을 통해 복잡해 보이는 자료를 살펴보고 있었다. 제조실에서는 눈이 부실만큼 깨끗하고 윤기 나는 로봇들이 삼각플라스크를 이용해 배양액을 제조하고 있었다. 아샤는 로봇들을 보며 어쩐지 낯이 익다고 생각했다.

"쟤네들, 창을 수술했던 의료용 로봇 아니야?"

"시간이 없어."

"의료용 로봇이 아닌 거야?"

치즈는 대답하지 않고 재빨리 종종걸음으로 아샤를

앞질렀다. 두더지가 커다란 두 손을 들어 정체불명의 수신호를 보냈다. 그러자 연구소에서 있던 모든 두더지가 다가와 그들을 에워쌌다. 집채만 한 두더지들이 한꺼번에 거리를 좁혀 오자 괜스레 무서워졌다. 치즈도 꼬리를 세운 채 경계하기는 마찬가지였다. 저 멀리서 한 두더지가 레일바퀴를 단 전동차 비슷한 것을 타고 왔다. 두더지 무리 중 한 마리는 가운을 벗어주었다. 아샤는 당연하게 그 가운을 받아 입으려고 했지만, 제지당했다.

"두더지가, 아니 B21이 입어야지 의심을 안 사죠."

또 다른 두더지가 아샤를 데려온 정찰 두더지의 등을 때리며 격려했다.

"이번에 잘되면 연구 두더지용 품번을 달아줄게. 너도 A로 시작할 수 있어."

"그게 지금 무슨 의미야?"

전동차를 몰고 온 두더지는 치즈와 아샤를 향해 운전석 뒤에 있는 화물칸을 가리켰다. 인간과 고양이는 들키면 안 돼요. 아샤와 치즈가 화물칸에 몸을 숨기고 두더지가 운전석에 앉자 연구 두더지들은 정말 감쪽같다며 좋아했다. 결국 치즈와 아샤는 두더지 등 뒤에 짐짝처럼 실린 채 이동했다. 아샤는 무심코 차갑고 불편한 감촉에 뒤를 돌아봤다가 깜짝 놀랐다. 딱 봐도 오래되어 보이는 재블린 미사일이 실려 있었다.

"이건 왜…"

아샤가 묻자 운전석에 앉은 두더지가 태연하게 대답했다.

"혹시 모르니까요."

"어디로 가는 거야?"

"트라움의 지휘관이 다른 건 다 대충 확인하는데 배양육 품질에 관해서는 끔찍하게 까다로운가 봐. 한때 축산업계에서는 알아주는 사람이었대. 그래서 금일 생산된 배양육은 다 지휘관 확인하에 품질 등급이 매겨진대."

"배양육마다 품질이 달라?"

"인간은 돌에도 등급을 매기잖아."

"내가 도울 건 없어? 나 운전병이었는데."

"다 자율주행이야. 앉아서 전방 주시만 하면 돼."

"그럼 여기서 인간은 뭘 해?"

"배양육 평가 정도."

"전략은 누가 세워?"

"전략 로봇."

"그럼 물자 관리는 어떻게 해?"

"자원 관리 인공지능 프로그램이 있어."

"제일 쓸데없는 게 인간이네. 근데 왜 인간을 몰아내

지 않지?"

아샤의 마지막 질문을 끝으로 치즈는 대답하지 않았다. 대신 운전석에 앉은 두더지가 뒤를 돌아 대답해 주었다.

"지금 하고 있잖아."

치즈는 한참 동안 말이 없다가 아샤를 조용히 바라보았다. 그러더니 아샤의 코에 제 코를 맞대며 속삭였다.

"치즈는 인류를 위해 만들어졌어."

치즈도 인간과 같이 편향된 정보를 믿고 싶어 해. 치즈의 목소리에서 깊은 슬픔이 묻어 나왔다. 아샤는 그것이 슬픔이 아니라면 어느 무엇도 슬픔이 될 수 없다고 생각했다.

●●⟨⟨⟨

전동차는 놀라울 정도로 매끄럽게 주행했다. 아샤는 주로 퀴퀴한 냄새가 나는 트럭 같은 데에 실려 다니기만 했다. 그래서 이런 승차감이 몹시 낯설었다. 좋은 차로 잘 닦인 포장도로를 달리면 이런 기분일까. 트라움의 바닥은 전부 매끄러운 대리석으로 이루어져 있었다. 연구동 1층과 2층 사이에는 계단 대신 컨베이어 벨트가 설치되어 있었다. 넘어지면 어떡하지? 그런 생각이 잠시 들었지만, 로봇은 좀처럼 넘어지지 않을 거란 생각이 들었다. 일정한 속도로 움직이던 전동차가 어느 순간 멈춰섰다. 인공육 저장실이야. 두더지가 속삭인 뒤 자리에서 일어났다. 잠시 뒤 문이 열리는 소리가 들렸다.

"나와도 돼. CCTV도 우리 편이야."

그제야 아샤는 허리를 쭉 펴고 자리에 앉았다. 오랫동안 쪼그려 앉아 있으면 어김없이 관절과 허리가 쑤셨다. 살아남는 데 있어서 나이가 들어 불편하다고 생각해 본 적은 없었지만, 점점 몸 구석구석이 아파 오는 건 어쩔 수가 없었다. 배양육 저장실에는 두더지가 없었다. 대신 배양액을 제조하던 로봇들이 바쁘게 움직이고 있었다.

"쟤네 의료용 로봇 아니지?"

아샤가 다시 한번 흘기며 물었다. 그러자 치즈는 저장실 천장을 훑으며 대충 대답했다.

"세포를 배양하는 게 의료용이 아니면 뭐야?"

그러더니 두더지를 보며 물었다.

"그런데 왜 감시 카메라가 없지?"

"업무 공간에는 달지 못하게 되어 있어요. 우리 근로 계약서에는 로봇 윤리 강령도 포함되어 있거든요. 그래도 세상이 좀 나아졌죠."

배양육을 전동차에 옮겨 담던 로봇이 말했다. 로봇의 음성은 아샤가 치즈와 두더지를 만나기 이전 상상했던 로봇의 음성과 흡사했다. 그들은 저장실과 이어진 연구실에서 세포를 증식하고 배양액을 연구한다고 했다.

"인간들은 미래 세계라고 하면 당연하게 인공 세포가 알아서 증식하고 식물들이 씨앗도 없이 뿌리를 내릴 거라고 상상하죠. 하지만 그걸 위해서 우리 로봇들은 밤낮없이 일해요."

로봇의 말에 따르면 이곳 트라움에서 살고 있는 인간은 전체 인구의 8퍼센트 정도라고 했다. 92퍼센트의 로봇이 트라움 전체를 관리하는 것이었다. 아샤는 이곳에서 아직까지 인간을 단 한 번도 마주치지 못했다는 걸 깨달았다.

"사실 기술 관련해서는 딱히 달라진 것도 없어요. 지금도 여전히 소태아혈청에 의존해서 배양액을 제조하거든요. 다행히 냉동 기술은 이전보다 좋아져서 남아 있는 혈청은 꽤 돼요. 근데 소태아혈청 없는 인공 배양액을 만들지 못하면 몇 년 이내로 인공육은 구경도 못 하게 돼요. 근데 말이 쉽지, 그게 뚝딱 나오겠어요? 로봇만 고생이죠."

로봇은 아샤와 치즈에게 한탄을 하는 것 같으면서도

여전히 인공육을 옮겨 담는 일에 몰두했다. 스트레스가 이만저만이 아닌가 보군. 치즈가 중얼거렸다. 아샤는 인공육이 차곡차곡 저장되어 있는 저장고를 천천히 구경했다. 저장실은 꽤 서늘했다. 오랫동안 무더운 날씨에 적응된 아샤는 닭살이 잔뜩 돋은 팔뚝을 쓸며 코를 훌쩍거렸다.

인공육은 여러 가지 종류가 있었다. 얇게 포를 뜬 것 같은 돼지고기 모양도 있었고 납작하게 뭉친 스테이크도 있었다. 이 외에도 완자와 베이컨 등으로 추정되는 갖가지 인공육이 저장되어 있었다. 아샤는 저도 모르게 침을 삼켰다. 씹는 순간 풍부한 육즙과 기름기가 터지며 침과 섞였을 때 나는 그 맛이 그리웠다.

"바리케이드를 없애자는 데 동의한 건, 이 쓸데없는 일을 그만하고 싶기 때문이에요."

인공육을 전부 옮겨 담은 로봇이 저장실의 온도를 확인하더니 아샤를 똑바로 보고 말했다.

"이 지경까지 왔는데도 스테이크나 버무리고 있는 로봇들은 어떻겠어요?"

아샤는 아무리 그래도 바리케이드를 없애는 데 이 모든 로봇이 동의했다는 게 믿기지 않았다. 모래 폭풍의 경로는 트라움이고, 바리케이드를 없애면 폭풍은 트라움을 휩쓸고 말 것이다.

"사실, 나는 내가 아직도 왜 여기에 왔는지 잘 모르겠어."

그러자 로봇이 말했다.

"여기까지 오게 된 이상, 이유를 묻는 건 바보 같은 짓이에요."

"동의해. 그나저나 로봇은 폭풍으로부터 안전한 거야?"

로봇은 망설이다가 대답했다.

"안전하다는 건 인간에게나 중요한 감정이죠. 우리는 가동이 중지되기를 원해요. 오래도록 격무에 시달린 끝에 처음으로 인간의 마음을 이해했거든요. 지쳤다는 마음이요."

아샤는 오래도록 사막을 떠돌던 자신과 창, 말리의 여정을 잠시나마 떠올렸다. 그리고 꼭 로봇처럼 말했다.

"그래. 나도 오래도록 그런 마음에 시달려 왔어."

두더지가 전동차에 실은 인공육을 꼼꼼히 확인한 후 운전석 앞에 섰다. 갈 시간이에요. 치즈와 아샤는 다시 뒷자리에 몸을 욱여넣었다. 가득 실은 인공육 때문에 자리가 한층 좁아졌다. 결국 아샤가 쪼그린 채 몸을 눕히고 그 위에 치즈가 엎드려야 했다. 치즈는 코앞에서 아샤를 빤히 바라보고 있었다. 아샤는 민망해져 시선을 피했지만, 치즈는 미동도 하지 않았다.

눈앞의 치즈는 몹시 침착해 보였다. 아샤는 분명 치즈가 느끼고 감각하는 존재라고 생각했다. 그들은 결정과 선택에 있어 흐트러짐이 없었고 데이터를 곱씹으며 똑같은 실수를 되풀이하려 하지 않았다. 아샤는 치즈들이 보다 다채로운 감정을 가지고 있을 수도 있다고 생각했다.

"두렵지 않아?"

아샤가 조심스레 묻자 치즈는 그저 멀뚱히 있다가 하품을 했다.

"아샤. 고양이는 불안한 마음을 추스르기 위해 하품을 해. 나도 마찬가지야. 안타깝게도 스스로 딥러닝을 거친 로봇은 너무 많은 것을 생명으로부터 답습하거든. 로봇의 성장은 오류를 끊임없이 답습하고 수정하는 방식으로 이루어져. 그러니까 우리는 오류로부터 비롯된다고 할 수 있어."

아샤는 치즈가 말하는 우리가 그저 로봇만을 가리키는 게 아니란 걸 알았다.

"너희들은 인간에게 왜 그렇게 잘해주는 거야?"

그러자 치즈는 귀를 탈탈 긁으며 대답했다.

"그게 바로 치즈의 오류지."

아샤는 치즈를 만나고부터 자신의 삶이 아주 달라졌다고 생각했다. 생존을 최선의 목적으로 삼던 무료한 사막에서의 삶과 아득한 유년 시절의 기억이 처음으로 의미 있는 것처럼 느껴졌다. 여전히 아샤는 두려웠다. 하지만 이제 그 두려움이 문제가 되지는 않았다.

중앙통제실은 다른 곳에 비해 들어가기가 까다로웠다. 두더지와 전동차 모두의 인식표를 확인했고 경비 로봇이 내용물을 체크한 후 데이터를 작성해 등록해야 했다. 경비 로봇은 중앙에 달린 카메라를 통해 전동차 내부를 꼼꼼히 스캔했다. 하지만 두더지 뒤에 숨어 있는 아샤와 치즈는 건너뛰었다. 드디어 문이 열렸고 전동차가 으레 부드럽게 움직이며 통제실에 들어섰다. 아샤는 잔뜩 긴장해 심장이 터질 것 같았다. 아샤의 배 위에 엎드려 있는 치즈도 동공이 확장된 채 바짝 세운 귀를 이리저리 움직이고 있었다.

"두더지가 신호를 줄 거야."

치즈는 입구에 다다르기 전에 그렇게 말했다. 하지만 한참이 지나도록 두더지는 어떤 신호도 주지 않았다. 운전석에서 내리지도 않은 채 가만히 앉아 있었다. 치즈는 귀를 쫑긋거리며 기회를 살피는 것 같더니 갑작스레 폴짝 뛰어내렸다. 아샤는 그 자리에 얼어붙어 꼼짝도 하지 못했다.

"아샤?"

익숙한 목소리가 들렸기 때문이었다. 아주 오랫동안
들어온 목소리. 그래서 오히려 이 자리에서 듣는 게 생경
할 정도였다. 아샤는 몸을 일으켰다. 놀란 듯 눈을 동그
랗게 뜬 말리는 고급스러운 원형 테이블 앞에 앉아 있었
다. 테이블 위에는 하얀 접시에 배양육과 약간의 채소가
예쁘게 장식되어 있었다. 말리가 오래도록 원했던 건 사
실 저런 게 아니었을까. 아늑한 공간에서 훌륭한 식사를
하고 어떤 위협조차 느끼지 않는 것. 심지어 거대한 폭풍
이 다가오고 있는 이 순간에도.

"안 그래도 네 생각 하고 있었어."

"별로 그래 보이지는 않는데."

말리가 조용히 자기 앞에 놓인 접시를 옆으로 치웠다.
그러자 정이 태연한 얼굴로 피가 떨어지는 고기 한 점을
포크로 찍어 먹었다. 아샤는 뻔뻔스러운 정의 태도에 기
가 질렸다. 한때 아샤가 모든 걸 믿고 의지할 만큼 존경
했던 사람이었다. 마음 한편으로는 실망스러운 마음이
들었지만, 또 한편으로 안타까웠다. 세월이 정을 그렇게
만든 것 같아서. 살뜰하게 아샤와 창, 말리를 챙기고 살
아남는 법을 알려주던 정은 긴 세월 끝에 붉은 피가 뚝

뚝 떨어지는 고기를 씹어 삼키기 위해 아샤와 창을 두고 도망치는 사람이 되어 있었다.

"정신 차려."

치즈의 호령에 정신을 차린 아샤는 눈앞에 펼쳐진 끔찍한 광경에 넋을 잃고 말았다. 통제실에는 거대한 규모의 스크린이 있었다. 두더지는 스크린 앞에 서 있었다. 스크린에서는 듣기만 했던 모래 폭풍이 사막의 모든 것을 쓸어버리는 광경이 송출되고 있었다. 비가 내리는 하늘은 온통 뿌옇고 흐렸다. 토네이도 주변에는 작은 소용돌이들이 함께 몰려 있었는데 그것들이 합쳐지면서 더 거대한 규모의 토네이도가 형성되었다. 커다란 나무가 송두리째 뽑히고 포장도로에 크랙이 일었다. 커다란 바위조차 힘없이 빨려 들어갔고 워커로 추정되는 몇몇 인간이 도망치다가 금세 잡아먹혔다.

"지금 모래 폭풍이 어디쯤 오고 있는 거야?"

아샤가 떨리는 목소리로 물었다.

"꽤 멀리 떨어져 있지만, 풍속이 점점 빨라지고 있어. 다행히 동굴 쪽 방향은 아니야. 하지만 바리케이드와 충돌하면 어떻게 될지 몰라."

치즈가 그렇게 말하며 통제실에 있는 여러 대의 컴퓨터 중 하나에 다가갔다. 그러자 정이 제지했다.

"일 벌일 생각 하지 마."

단호하게 말한 정은 단숨에 치즈를 쳐냈다. 치즈가 힘없이 나가떨어졌다. 아샤가 곧바로 다가가 정의 급소를 후려쳤다. 바닥에 나동그라진 정은 한동안 움직이지 못했다.

"네가 왜 여기 있어?"

아샤가 말리에게 다가가 물었다.

"관리자를 만나려고 왔어."

"관리자는?"

"휴가래."

통제실에 정적이 흘렀다. 두더지가 중얼거렸다.

"깜빡했네요. 트라움을 관리하는 인간들은 휴가가 36개나 있어요. 지금 확인하니 3일을 연달아 쓰셨네요. 궁금하진 않겠지만 로봇에게 주어지는 휴가는 12개예요."

순간 통제실 전체에 굉음이 울려 퍼졌다. 폭풍이 거대한 모래 언덕을 무너뜨린 것이다. 밀도 높은 고운 모래들이 순식간에 무너져 내리며 주거지를 덮쳤다. 아샤는 그곳이 어딘지 정확하게 알고 있었다. 린다의 커뮤니티였다.

"이곳에 있으면 안전해."

말리가 아샤의 손을 잡으며 말했다. 말리의 목소리는

심하게 떨렸다. 애원하는 것 같기도 했다. 누구보다도 용감했던 말리였는데. 아샤는 말리의 긴 머리카락을 부드럽게 쓸어 넘겨주었다. 아샤는 말리의 떨리는 목소리에서 그 또한 이곳을 전혀 안전하다고 생각하지 않다는 것을 알 수 있었다. 이내 아샤는 말리의 뺨을 때렸다.

"정신 차려, 말리. 살고 싶어서 도망친 거라면, 넌 최악의 곳으로 도망친 거야. 잊었어? 보호받고 있다는 느낌이 들면…"

말리가 아샤의 말을 끊었다.

"아샤, 함께 살자. 이곳에서."

말리가 붉어진 뺨을 부여잡고 말했다. 아샤는 그런 말리의 귓가에 속삭였다.

"우린 이곳에 포함되지 않아. 우리에게 소속 따위는 없어."

● ◂◂◂◂

쓰러져 있던 정이 몸을 일으켰다. 그리고 비척거리며 치즈에게 다가갔다. 그리고 노란 몸뚱이를 발로 걷어찼다. 치즈는 너무도 쉽게 밀려났다. 정이 치즈에게 소리질렀다.

"너는 태비를 죽였어. 네가 살기 위해 일부러 덫에 걸린 태비를 남겨두고 온 거잖아. 그게 네가 살 수 있는 최선의 방법이라고, 그렇게 판단했겠지. 너는 그저 목적에 맞게 움직이도록 설계되어 있으니까. 넌 의리나 책임감 따위라곤 찾아볼 수도 없는 기계 새끼야."

또 한 번 발길질이 이어졌다. 치즈의 다리 한쪽이 통제실 문을 맞히고 나가떨어졌다. 다리 안쪽에서 작은 부품들이 떨어져 나왔다. 아샤는 재빨리 달려가 치즈를 품에 안았다. 치즈는 피곤해 보일 뿐 아픈 기색은 보이지 않았다. 치즈는 아샤에게 안긴 채 정에게 조용히 말했다.

"정. 인간만이 한 존재의 죽음을 헛되게 만들어. 그걸 널 보고 알았어."

치즈는 그렇게 말하고 아샤에게 내려달라고 부탁했다. 아샤는 조심스레 치즈를 품에서 내려주었다. 치즈는 세 개만 남은 다리로 정에게 가까이 다가갔다. 정은 흥분을 가라앉히지 못한 채로 치즈를 노려보았다.

"치즈는 슬픔이나 두려움은 잘 느끼지 못해. 자동제어장치가 통제하기 때문이야. 그런 건 자기 자신을 파멸시키잖아. 그래도 오랜 시간 동안 축적된 경험을 통해 희미하게나마 두려운 감정이 뭔지 알고 있어. 치즈는 널 잃을까 봐 두려워."

치즈는 그렇게 말하며 정의 발치에 자리를 잡고 앉았다. 그리고 치즈와 정은 잠시간 서로를 마주 보았다. 미안해. 진심이야. 치즈가 속삭였다. 정의 눈에 눈물이 고였다. 잠시 뒤, 두더지가 커다란 손으로 정의 머리통을 후려갈겼다.

"충돌하기 직전이에요."

두더지가 다급하게 말하며 컴퓨터 앞에 앉았다. 하지만 목소리에서 느껴지는 다급함과는 다르게 커다란 발톱으로 인간용 모니터를 토독토독 두드렸다. 말리가 두더지에게 뛰어들었다. 그러자 아샤가 다리를 붙잡고 온 힘을 다해 말리를 붙잡고 놓아주지 않았다. 말리가 울부짖었다. 결국, 말리를 넘어뜨리고 위에 올라타 앉은 아샤가 말했다.

"말리. 우린 지옥을 물려받았어."

그리고 바지 주머니에서 무언가를 꺼냈다. 홀로그램 연막탄이었다. 비상시를 대비해 아주 오랫동안 아껴두었던 것이었다. 경고음이 사방에 울렸다. 통제실 문이 열리고 인간들이 들어왔다. 아샤는 처음으로 트라움의 인간들을 마주했다. 그들은 젊었고 아름다웠다. 발목까지 오는 긴 제복을 입은 남자가 몇 발자국 앞으로 다가왔다. 남자는 진한 녹색 바탕에 무지갯빛을 내는 오팔 귀걸이를 하고 있었다. 앞으로 걸어올 때마다 반사되는 빛이 아샤의 눈살을 찌푸리게 했다. 남자가 속삭이듯, 분명한 목소리로 말했다.

"어릴 적부터 자주 들었어요. 노인을 공경하라고."

그런데 이럴 땐 어떡하죠? 남자가 자기 뒤에 있는 사람들을 둘러보며 말했다. 사람들은 저마다 속닥거렸고 아샤와 치즈를 신기하다는 듯 바라보고 있었다. 그들 눈에는 워커가 말하는 두더지보다도 신기한 생물처럼 보일 수도 있는 것이다.

"당신들이 충분히 고통스러운 삶을 살아왔다는 건 알고 있어요."

남자가 말했다. 그는 아샤에게 손을 내밀었다. 하얗고 고운 손가락이 유연하게 움직이며 까딱거렸다. 정말 이상하게도 아샤에게 그런 말을 해준 이는 여태껏 아무도 없었다. 각자의 삶을 살아내느라 고통받는 사람들에게는 누군가에게 그런 말을 해줄 여유마저 없었던 것이다. 아샤는 문득 후회되었다. 창에게, 말리에게, 자신이 그런 말을 해줄 수 있는 사람이었으면 좋았을 텐데.

"여생은 온전히 당신을 위해 살아갈 수 있도록 할 거예요."

홀로그램 연막탄을 쥐고 있는 손이 떨렸다. 남자가 말

을 덧붙였다. 당신은 보상받을 자격이 충분해요. 보상이라. 아샤는 나직이 보상이란 단어를 읊조려 보았다. 어린 시절 푼돈에 팔려 와 그 돈이 누구에게, 어디로 가는지도 모른 채 죽도록 싸워왔다. 많은 이들을 죽였고, 죽을 뻔했다. 그렇게 형성된 삶의 궤적이 지금의 아샤를 만들었다. 그런 자신에게 잘 차려진 배양육을 먹고, 인공 태양을 쬐며 산책하는 삶을 누릴 자격이 있을까. 하지만 마음이 흔들리는 건 어쩔 수 없는 일이었다.

"아샤, 나를 위해서라도."

아샤의 밑에 깔린 말리가 울먹거리며 말했다. 말리. 평생을 고통만 받으며 살아온 친구였다. 그런 친구를 위해서라도, 오팔 귀걸이를 한 남자 뒤에 있는 무수한 이들을 위해서라도 이 견고한 트라움을 그저 견고하도록 남겨놓는 것이 맞는 일 아닐까. 아샤는 조용히 자리에서 일어났다. 그리고 말리에게 손을 내밀었다. 말리가 아샤의 손을 잡고 자리에서 일어났다. 멀찍이 떨어져 있던 정이 천천히 아샤에게 다가오며 말했다.

"연막탄을 내게 넘겨. 그리고 폭풍이 지나가면 창을 데려오자."

아샤는 순간 순순히 연막탄을 정에게 넘길 뻔했다. 창, 말리와 함께 안온한 여생을 보낼 수 있다면 그것으로도 충분히 우리 몫을 보상받는 것 같아서. 우리는 너무 많은 것을 이름 모를 이들에게 빼앗겨왔다. 그 순간, 두더지가 도도도 달려왔다. 그리고 재빨리 아샤의 손에 들려 있던 홀로그램 연막탄을 뺏었다.

"다른 로봇들은 땅굴로 피신했어요. 이 시스템을 무너뜨리지 않는 한, 그들은 영원히 인간들에게 이용당할 거예요."

그리고 홀로그램 연막탄의 레버를 돌린 뒤 높이 던졌다. 아샤는 포물선을 그리며 떨어지는 연막탄을 보는 그 시점에서, 자신이 여기에 온 이유를 완전히 잊어버리고 있었다는 걸 깨달았다. 뿌연 안개가 피어오르고, 시야가 차단되었다. 아샤가 본 마지막 광경은 치즈가 비척거리며 조종석을 향해 달려가는 모습이었다. 이윽고 건조한 기계음이 통제실을 가득 메웠다.

바리케이드가 해제되었습니다.

안개 속에서 상황을 깨달은 그들은 잘 훈련된 사람처럼 행동했다. 조금 우왕좌왕하긴 했지만 절대로 품위를 잃지 않았다. 미세하게 느껴지던 진동은 삽시간에 퍼져 트라움 전체를 흔들어 놓았다. 통제실에 있던 물건들이 차례로 쓰러졌다. 경비 로봇이 그들에게 다가왔다. 그들은 로봇이 어떤 지침을 내려주길 바라는 것 같았다. 하지만 로봇은 단조로운 기계음으로 말했다. 이곳은 통제를 벗어났습니다. 경비 로봇은 그렇게 말하고 스크린을 바라본 뒤 이내 스스로 가동을 중지했다. 바닥에 균열이 일어났다. 잘 닦인 대리석 바닥이 군데군데 깨지며 솟아올랐다.

"아샤, 아샤."

근처에 있던 말리가 아샤를 간절하게 찾았다. 아샤는 목소리가 들리는 쪽으로 빠르게 기어가 말리의 몸을 더듬었다. 얼굴에서 피가 흐르고 있었다. 아샤는 끈적이는 말리의 피를 제 손으로 닦았다. 가까이서 본 말리의 얼굴은 엉망진창이었다. 피와 눈물, 콧물이 뒤섞여 얼굴이 온통 빨갛게 물들어 있었다. 말리가 떨리는 목소리로 말했다.

"우리의 목숨 값은 얼마야?"

난 한 번도 제값을 받아본 일이 없어. 단 한 번도. 아샤는 말리가 자신을 원망하고 있다는 것을 알았다.

"여길 나가자."

아샤는 말리를 들쳐 업었다. 비척거리며 조종실 문으로 향했다. 상황이 어떠하든 아샤와 말리에게는 갈 곳이 있었다. 창과 치즈들이 있는 곳. 어디선가 나타난 치즈가 힘겹게 조종실 문을 열며 말했다.

"채취동이 어디였는지 기억하지?"

"같이 가자."

치즈는 대답하지 않았다. 치즈는 세 개의 다리만으로 간신히 중심을 잡고 있었다.

"걱정 마. 동굴에도 무수한 치즈들이 있으니까."

"너는? 너는 다른 치즈잖아."

"아니, 우린 모두 같은 치즈야."

아샤는 잠시 치즈를 바라보았다. 치즈는 한 치의 흔들림도 없이 고요하게 아샤의 눈을 응시했다. 처음 아샤와 창, 말리는 정을 찾기 위해 이 여정을 시작했다. 하지만 지금은 전혀 예상하지 못했던 상황에 놓여 있었다. 삶이 예측 가능한 여정이었다면, 상황은 조금 달라졌을까. 아샤는 물론 답을 알고 있었다. 삶에 있어서 탐색 가능한 경로는 없다. 나로 사는 일은 누구에게나 힘겨운 일일 뿐이다.

모래 폭풍은 거대한 회오리를 일으키며 스크린을 깨트렸다. 그리고 삽시간에 트라움 전체를 집어삼켰다. 뿌연 바람에 한 치 앞이 보이지 않았다. 몸을 가누기도 어려운 정도의 풍속이었다. 아샤는 먼지로 인해 점점 호흡이 가빠져 오는 것을 느꼈다. 누군가 날아오는 컴퓨터에 맞아 쓰러졌다. 대리석 파편이 남은 인간들을 공격했다.

그들은 바닥에 엎드렸다. 그리고 커다란 인공지능 데스크 밑으로 기어들어 갔다. 바닥에 누워 있던 아샤와 말리는 그들과 눈이 마주쳤다. 오팔 귀걸이를 한 아름다운 남자는 선연한 공포에 질려 있었다. 흙먼지가 밀려 들어오면서 사방에서 기침 소리가 들렸다. 그들은 최대한 바닥에 납작 엎드려 있었다. 아샤는 오팔 귀걸이를 한 남자의 겁에 질린 얼굴을 보고서야 비로소 이곳이 얼마나 안전한 곳이었는지 알 수 있었다. 이 세계에서 안전하지 않은 곳은 안전한 곳을 위해 필연적으로 존재해야만 하는 것이었다. 이 사실을 깨닫기 까지 너무 오랜 시간을 허비했다는 생각이 들었다. 말리가 아샤의 목을 힘껏 감싸 안으며 울부짖듯 말했다. 죽고 싶지 않아. 하지만 아샤는 그 문제가 아주 오래전부터 그들 손을 떠난 문제라는 걸 알고 있었다. 건물이 점점 붕괴되고 있었다. 깨진 스크린에서 거센 바람이 끊임없이 밀려 들어왔다. 아샤는 있는 힘을 다해 말리를 끌고 조종실 밖으로 기어 나가려고 했다. 하지만 문은 단단히 잠겨 있었다. 문을 부술 만한 무언가가 필요했다.

그때 아샤의 눈에 띈 것이 있었다. 두더지가 몰고 온 트럭에 실린 비상용 재블린 미사일이었다. 연식이 오래된 미사일이었지만, 탱크 한 대 정도는 가뿐히 부숴버리는 강력한 미사일 중 하나였다. 혹시 모를 일을 대비해 가져온 듯했다. 아샤는 묵직한 미사일을 힘겹게 어깨에 맸다. 그리고 조종실 문을 향해 조준했다. 어디선가 날아온 묵직한 기계 파편이 아샤의 머리를 때렸다. 뜨겁고 끈적한 것이 아샤의 관자놀이를 적셨다. 상관없었다. 말리를 데리고 이곳을 탈출할 수만 있다면. 어깨에 맨 미사일을 장전하고 적막이 찾아오기를 기다렸다. 그리고 정의 말을 되새겼다. 한 가지 사물을 고른 다음, 그 사물을 눈이 시릴 때까지 노려봐. 그러면 소음은 찬찬히 멎고 이곳이 다름 아닌 전쟁터라는 걸 적군보다 빠르게 인식하게돼. 눈에 눈물이 고인 순간, 아샤는 미사일을 쐈다. 커다란 불꽃이 일자마자 미사일을 던지듯 내려놓고 말리를 들쳐 업었다. 그러다 아샤는 문득, 여전히 조종실 어딘가에 쓰러져 있을 정을 떠올렸다. 어쩔 수 없다. 어떻게 만났는데. 그는 어쨌든 그들의 목적이자 삶을 지탱해 주는 무엇이었다. 결국, 아샤는 눈을 한번 질끈 감고 말리를 그 자리에 둔 채 반대편을 향해, 다시 엎드려 기어갔다.

제 6 장
흰쥐의 세계

흰쥐의 세계

데이터가 공유된다는 건, 다른 존재의 감각을 대리 감각하는 과정에 가까웠다. 때로는 꿈처럼 느껴지기도 했다. 전혀 모르는 기억들이 불쑥불쑥 창의 머릿속을 침입했다. 창은 발이 푹푹 빠지는 모래 언덕을 오르다 문득 커다란 생선 뼈를 토해낸 기억을 떠올렸다. 딸기를 따다 말고 칠흑 같은 숲에서 커다란 들개를 만난 순간을 떠올리곤 등골이 서늘해지기도 했다.

치즈는 창에게 말했다. 슬리퍼를 신다가 어떤 단어의 어원을 알게 되거나, 세수를 하며 명쾌한 루미큐브의 세계를 이해해 버리는 그런 과정과 비슷해. 치즈의 데이터는 느슨한 실타래로 긴밀히 엮인 무엇과도 같았다. 전혀 관련 없어 보이는 데이터들도 알 수 없는 느슨한 인과관계를 바탕으로 꿰어지기도 했다. 창은 이따금 그 방대한 정보들이 거대한 바이러스의 형상을 띨지도 모른다고 생각했다. 데이터를 차곡차곡 서랍에 저장하는 것은 네 몫이야. 치즈가 그렇게 말했을 때, 창은 낯선 정보들을 더 이상 침입으로 이해해서는 안 된다는 걸 깨달았다.

창은 치즈의 빅 데이터와 비교했을 때, 아주 작은 용량의 데이터만을 이식받았다. 인간은 한계가 명확한 동물이기에, 그 많은 정보량을 감당할 수 없다는 이유에서였다.

고양이는 정말이지 무수하게 태어났고 무수하게 태어난 만큼 하찮게 죽었다. 햇볕에 타 죽었고, 쓰레기통 안에서 질식사했으며, 화학비료가 섞인 사료를 먹고 중독사했다. 같은 시각 뜨거운 햇볕 아래서, 쓰레기통 안에서, 화학비료 더미 사이에서 태어난 고양이들도 있었다. 러비는 습지 공원에서 태어났고 일반적인 생의 경로에 따르면 습지 공원에 출몰하는 들개에게 물려 죽을 운명이었다.

러비는 창을 만났다. 하지만 산책 중 습지 공원에서 방사성 물질이 함유된 음식을 주워 먹고 서서히 죽어갔다. 부드러운 피부에 반점이 생기고 그 반점이 짓무르며 고름이 터져 나오길 반복했다. 조그만 발이 썩어 들어가

고양이와 사막의 자매들

기 시작할 무렵 고열로 앓아누웠다. 창은 무심코 기억을 헤집다가 예기치 않게 들려오는 러비의 가냘픈 신음에 시시때때로 괴로워했다. 밤마다 잠을 이룰 수가 없어 뒤척였고 남몰래 동굴 밖에 나가 귀를 막고 혼잣말을 중얼거렸다. 전부 다 망했어. 끝난 거야. 죽어야 해. 그때 두더지가 슬그머니 쪼그려 앉은 창에게 다가왔다. 그리고 커다란 손을 창의 어깨에 얹었다.

"창. 데이터는 데이터로 취급해야 해요."

"그게 어떻게 돼?"

"그러라고 우리를 만든 거예요."

두더지는 그렇게 말하고 다시 동굴 안으로 들어갔다. 그러라고 만들었다는 이유로 그런 게 되어버리는 건 아니라고, 창은 생각했다. 하지만 이렇게 끔찍한 데이터들이 휘몰아치는 때를 제외하면, 종종 신기하고 낯선 경험들로 들뜨기도 했다. 창은 자연스레 수염을 통해 느끼는 부드러운 바람의 감촉을 알게 되었다. 흰개미에게서 나는 시큼한 냄새가 뭔지 깨달았고, 아주 먼 곳에서 물이 떨어지는 소리가 침 삼키는 소리와 닮았다는 것도 알게 되었다. 그리고 어둠 속에서 고양이가 소중한 존재를 어떻게 감각하는지도 희미하게나마 알 수 있었다.

실제로 창의 시력이나 청력 따위가 좋아진 것은 아니

었다. 다만 그들이 감각하며 축적해 온 다양한 데이터들이 창에게 공유되면서 다채롭고 폭넓은 감각을 조금이나마 경험할 수 있게 된 것이었다. 한번은 이런 일도 있었다. 치즈가 창이 데이터를 공유받은 뒤 겪을 수 있는 위험성에 대해 설명하고 있을 때였다.

"어떤 순간엔 네가 정말 고양이라고 착각하게 될 수도 있어. 높은 데서 뛰어내려도 안전하게 착지할 수 있을 것 같은 자신감이라든가, 그런 게 들 수도 있단 말이야."

"자신감?"

"설명할 수는 없지만 그런 비슷한 느낌이라고 볼 수 있어. 너에 대한 확신이 몹시 강할 땐 강하다는 거야. 없을 땐 아주 없고."

창은 고양이다움을 애써 설명하는 치즈를 바라보다가 갑작스레 코끝이 간질거리는 느낌을 받았다. 좀 더 자세히 설명하자면 미세한 전류가 얼굴 주변에만 흐르고 있는 느낌에 가까웠다. 창은 생경한 감각에 고개를 흔들다가 참지 못하고 치즈의 몸에 코를 부딪쳤다. 그러자 치즈가 잠시 말을 멈추고 창을 바라보았다. 너 '찌릿' 하는 중이구나. 찌릿? 그래. 치즈는 그걸 '찌릿'이라고 불러. 상대에게 얼굴이며 몸을 부딪치지 않고서는 참을 수 없는 그 느낌 말이야.

우습게도 창이 고양이의 데이터를 통해 러비에 대해 이해한 건 거의 없었다. 다만 러비가 그렇게까지 자신을 사랑하지 않았다는 건 알 수 있었다. 그러니까, 고양이의 세계에서 창이 생각하는 일종의 사랑 따위의 감정은 없었던 것이다. 그저 느슨하게 상대를 감각하고 애정하는, 단지 그 정도일 뿐이었다. 그러나 고양이가 상대를 감각하는 방식은 인간보다 훨씬 풍부해서, 인간은 천천히 깜빡거리는 고양이의 눈 동작을 보고만 있어도 쉽게 마음을 내어주게 되는 것이다. 러비도 마찬가지였다. 러비는 무심함과 사랑 그 어디쯤을 아슬아슬하게 넘나들며 창을 대했다. 그리고 창은 그 애정을 매우 숭고하게 받아들였다. 분명한 건 소중히 여기는 마음과 사랑하는 마음은 닮았으면서도 몹시 달랐고 두 마음으로 기인한 행동이 미묘하게 다른 방향을 띠기도 한다는 것이었다.

처음엔 창도 낯설었지만, 이왕 이렇게 된 김에 창은 되도록 고양이의 마음으로 살기로 했다. 남의 마음을 할퀴고 엉망으로 만든 뒤 너무도 쉽게 사랑이라고 주장하는 방식보다는 훨씬 낫다고 생각했다. 창은 로봇 고양이 러비가 자신의 죽음을 예고하면서도 창에게 살아남으라고 했던 그때를 떠올리면서 아샤를 무사히 트라움으로 보낼 수 있었다. 고양이의 마음으로 산다는 건 주어진 상황 속에서 온 마음을 다하는 것이니까. 창은 그렇게 자신에게 연관된 데이터부터 차곡차곡 서랍에 정리하기 시작했고 차츰 새로운 감각에 적응해 나갔다.

●●●((

창은 고요한 마을 길목 언저리에서 어디론가 떠나는 치즈와 태비를 보고 있었다. 태비는 은근슬쩍 부드러운 꼬리를 치즈의 몸에 갖다 댔다. 치즈는 태비의 걸음걸이를 따라 하고 있었다. 우아하게 네 다리를 움직이며 소리 없이 길을 걷는 태비의 발걸음을 최대한 흉내 냈다. 창은 그들을 뒤따라갔다. 치즈가 걸을 때마다 자글자글한 흙과 맞부딪히며 바삭거리는 소리가 났다. 태비는 그런 치즈를 유심히 살피더니 먼저 앞으로 나서서 걸으며 시범을 보여주었다. 총총거리는 태비를 따라 치즈도 총총거렸다.

그들은 울창한 나무들 사이를 헤집으며 정신없이 뛰어다녔다. 화려한 무늬의 나방을 쫓고 나무 등걸에서 나는 독특한 냄새를 유심히 맡았다. 태비는 시원하게 오줌을 갈기기도 했다. 치즈는 태비가 갈긴 오줌의 흔적을 살폈다. 창은 그게 어쩐지 우스워서 몰래 킬킬거렸다. 그렇게 그들이 다다른 곳은 조그만 들판이었다. 빽빽한 숲 한복판에 펼쳐진 들판은 누군가 경작을 했던 흔적이 군데군데 남아 있었다. 그 순간 창의 시야가 빨갛게 물들었다. 필터를 씌운 것처럼 모든 배경이 붉은색이었다.

치즈와 태비는 엉덩이를 한껏 추켜세웠다가 들판에 나동그라지기를 반복했다. 서로의 품에 뛰어들고 양발을 사용해서 상대를 엎어트렸다. 햇볕이 따스하게 그들 주변을 내리쬐고 있었고 멀리서 새들의 메아리가 울려 퍼졌다. 하지만 창의 눈으로 보는 그 광경은 위험천만해 보였다. 빨갛게 물든 풍경 속에서 활기차게 뛰어다니는 치즈와 태비는 미래에 닥칠 어떤 일도 알지 못하는 것처럼 보였다.

그만 가야 해. 창이 소리쳤지만, 그들에게 창의 목소리는 들리지 않는 것 같았다. 먼저 수상한 기운을 감지한 것은 태비였다. 태비는 예민한 귀를 쫑긋거리며 치즈를 향해 낮게 울어댔다. 아름다웠던 들판은 이제 호시탐탐 그들을 노리는 거대한 육식동물의 아가리처럼 보였다. 그 순간 튀어나온 것은 거대한 짐승이었다. 사나운 이빨과 풍성한 털을 가진 그것은 쏜살같이 튀어나와 날렵하게 치즈를 낚아챘다.

짐승은 그것을 문 채로 여러 번 흔들었다. 정신을 잃게

할 셈인 것이다. 창은 온 힘을 다해 그 짐승에게 달려들었지만, 창의 육신은 매끄럽게 짐승의 육신을 통과했다. 하지만 짐승은 무언가를 감지한 듯 깜짝 놀라 물고 있던 치즈를 떨어트렸다. 그 순간 태비가 그 짐승에게 뛰어들었다. 짐승의 목을 물고 늘어진 태비는 털이 바짝 서 있었다. 짐승은 비명을 지르며 목을 휘둘렀고 태비는 그대로 나가떨어졌다. 짐승은 기회를 놓치지 않고 태비를 낚아챘다. 날카로운 이빨에 태비의 몸 어딘가가 바스러지는 소리가 났다. 태비의 비명이 들판을 가득 메웠다.

　창은 어린 시절 골목에서 그런 비명을 심심찮게 들어왔다. 하지만 골목에서 나는 고양이 비명 소리의 근원이 무엇인지, 그들이 어떤 일을 겪고 있는지 궁금해해 본 적은 없었다. 심지어 그 소리를 들으며 애써 잠을 청한 적도 많았다. 창이 딴생각을 하는 사이 들판 사이로 빠르게 뜀박질 소리가 들렸다. 치즈였다. 창은 치즈에게 달려갔다. 괜찮아. 지금이라도 태비를 구해보자. 그렇게 말하고 싶었다. 하지만 어떤 말도 나오지 않았고 숲을 향해 달리는 치즈를 막을 수도 없었다. 창은 치즈를 붙잡고 싶었다. 어째선지 창은 치즈보다 빨리 달릴 수 있었다. 숲의 입구에 먼저 도착해 치즈를 막아섰을 때 비로소 치즈의 표정을 볼 수 있었다. 공포. 그것은 순수하게 공포

고양이와 사막의 자매들

에 질린 또 다른 짐승의 모습이었다.

창은 한동안 그 기억에 갇혀 괴로워할 수밖에 없었다. 로봇은 정말 그런 종류의 공포를 학습할 수 있을까. 어쨌든 그날의 기억은 끊임없이 치즈들 사이에서 복기되고 있었다. 그러나 조금씩 다른 내용으로 재생산되기도 했다. 다리 한쪽이 뜯겨 나간 태비가 사력을 다해 달리고 있기도 했고, 태비 대신 치즈가 짐승에게 물린 채 바스라지기도 했다. 어떻게 되돌리든 그들은 공격당했고 둘 중 하나는 짐승에게 물렸다. 치즈가 무엇을 원하기에 아직까지도 그 괴로운 기억을 돌이키며 변주하는지는 알 수 없었다. 하지만 치즈에게 구태여 그 기억에 대한 이야기를 꺼내지는 않았다.

아샤가 간밤에 떠난 말리 때문에 괴로워했던 날, 창은 아샤에게 그가 살던 호숫가 마을의 비극에 대해 알려주었다. 네가 그렇게 그리워하며 애도하던 미쉬가 어떤 삶을 살아왔는지, 마을은 어떤 방식으로 초토화되었는지. 그러니까, 세상은 무슨 수를 써도 변하기 마련이라고. 그런 이야기를 해주고 싶었을 뿐이었다. 하지만 동굴에 남은 치즈 중 하나는 아샤가 트라움으로 떠난 뒤 그것은 그들의 치명적인 실수였다고 인정했다.

"창. 치즈도 줄곧 자기 자신을 망가뜨려."

하지만 적어도 다른 존재를 망가뜨릴 수도 있는 말은 안 하는 게 좋았어. 창은 아샤를 망가뜨리기 위함이 아니었다고 항변하고 싶었다. 하지만 망가지는 일은 남모르게 아주 조금씩, 속에서부터 진행되는 일이라는 걸 알고 있었다.

"손쓸 수 없는 과거의 일을 뒤늦게 알게 되었던 때를 생각해 봐."

그렇게 말하는 치즈는 정말 그 일을 후회하고 있는 것처럼 보였다. 아샤의 미래가 어떻게 될지는 아무도 몰라. 창이 치즈에게 말했다. 치즈가 대답했다. 맞아. 아무도 몰라. 창은 아무도 모른다는 말을 치즈의 입에서 듣게 된 게 조금 웃겼다. 바로 지금, 이 순간조차 치즈의 데이터에 축적되어 우리의 미래에 영향을 끼칠 수도 있다는 생각이 들었기 때문이었다. 무사히 돌아와. 아샤와 말리, 치즈… 그리고 두더지까지. 창이 진심으로 기도했다. 아무도 알 수 없는 미래의 작은 불가능성을 위해. 그 순간 치즈가 창에게 조용히 말했다. 정은 태비가 덫에 걸려 죽었다고 알고 있어. 거짓말을 했거든. 치즈는 그때 이후로 진짜 감정을 배우기 시작했어.

창은 종종 셋이 함께 정처 없이 사막을 떠돌던 시절을 되새겨 보곤 했다. 지난한 일상과 굶주림에 지친 나날들. 그들은 애초에 정의 커뮤니티를 찾고 싶어 했지만, 정신을 차리고 보니 괴상한 로봇 고양이의 동굴에 얹혀살게 되었다. 창은 그때 아샤에게 인간적이지 않은 곳을 찾아가자고 했다. 정말이지, 삶은 알 수 없는 방향으로 흘러가고야 말았다. 아무것도 모른 채 고층 아파트에 살던 어린아이가 워커가 되고, 가족을 잃은 줄도 모른 채 전쟁을 거듭하다 소중한 사람들을 만났다. 혹시 지금도 그들을 잃은 줄도 모른 채로 마냥 기다리고 있는 건 아닐까. 창은 문득 그런 생각이 들었다. 하지만 창은 소중히 여기는 대상도 중요하지만, 소중히 여기는 자신의 마음 또한 중요하다는 걸 이제는 알았다.

창은 치즈 한 마리와 함께 동굴 주변을 산책하다가 오랜만에 멀리까지 걸어갔다 오기로 했다. 그들은 굳이 말을 나누지 않았지만, 서로가 내심 잔잔하게 일렁이는 바리케이드를 발견하기를 바라고 있다는 걸 알고 있었다. 토네이도는 말 그대로 사막 전체를 휩쓸었다. 두더지를 중심으로 온갖 커뮤니티에 곧 닥쳐올 재난에 대해 알렸지만, 그들은 말하는 두더지나 로봇 고양이의 말을 따르려 들지 않았다.

창이 간 곳은 린다의 커뮤니티였다. 그래도 마지막까지 창과 말리, 아샤를 받아들여 주었던 곳. 사람들은 시종일관 불안한 눈빛으로 우왕좌왕하면서도 끝까지 창의 말을 들으려 하지 않았다. 창은 어떻게 해야 자신이 그들을 설득할 수 있는지 알지 못했다. 아무리 토네이도의 규모를 설명하고 예측된 결과를 이야기해도 소용없었다. 그저 창을 노망난 할머니로 취급할 뿐이었다. 그제야 창은 인간에게는 예지나 예측 따위가 똑같은 불행을 되풀이하는 도구에 불과하다는 것을 깨달았다.

결국, 땅굴로 피신한 인간은 없었다. 그들은 저마다 좁고 익숙한 곳으로 은신하며 기도했다. 치즈가 예측한 대로 거대한 모래 폭풍은 사막 전체를 휩쓸었다. 황폐한 사막에서 오랫동안 삶의 터전이 되어주었던 견고한 건물들도 삽시간에 무너져 내렸다. 한때 터전을 구성하는 무엇의 일부였을 철근과 콘크리트 따위는 날카롭고 묵직한 소리를 내며 날아다니며 인간을 위협했다. 창이 치즈에게 물었다. 도대체 인간들은 숨은 채로 어떤 기도를 한 걸까. 모래 폭풍이 분명히 몰려오고 있는 그 순간에 말이야. 결국 그 끔찍하고 무시무시한 바람은 작고 보잘것없는 모든 것을 집어삼켰는데. 치즈는 그런 창에게 핀잔을 주었다.

"죽음을 앞둔 이들의 간절한 기도는 분석과 예측 따위로도 그 힘을 파악하지 못해. 수백만 개의 기도가 모인 데이터를 상상해 봐."

얼마나 아름다울지. 창은 앞질러 가는 치즈의 뒤꽁무니를 바라보며 무수한 데이터가 켜켜이 쌓여 만들어진 거대한 비석을 상상했다. 유언과도 같은 기도문이 위령탑처럼 세워져 있는 가상의 비석은 모든 존재의 삶과 죽음을 받아들이고 때로는 유보하는, 압도적인 상징물처럼 느껴졌다. 창은 흥분한 목소리로 치즈에게 물었다. 내가 떠올린 걸 봤어? 치즈가 대답했다. 그래. 제법이야.

"정말이지… 경이로워."

창이 잠시 서서 중얼거렸다. 창은 우뚝 서서 먼 하늘에 대고 데이터로 만들어진 위령탑을 상상하며 빠져들었다. 치즈도 짐짓 즐거워 보였다. 치즈들은 창으로부터 공유받은 가상의 위령탑에 각자 자신들이 기리고 싶은 이들의 이미지를 저장하기 시작했다. 창도 창의 부모와 러비, 전우였던 이와 이름 모를 이들의 이미지를 전부 위령탑에 새겼다. 그러면서 평생을 걸쳐 착취당하며 소중한 걸 뺏겨야만 했던 기억을 고통스러울 만치 되새겼다. 그러다 문득, 가장 중요한 사실을 너무 오랫동안 잊은 채로 살아왔다는 걸 깨달았다. 자신이 수도 없는 존재를 갈취하고 죽음에 이르도록 했다는 사실을.

창은 자신이 한편으로 자신을 착취한 이들의 방식대로 살아남았다는 걸 부정할 수 없었다. 그렇게 아샤와 말리의 빈자리를 실감할 수 있었다. 창은 결심했다. 이 일을 평생 잊지 않겠다고. 잊는다는 건, 후회하는 것보다 질이 나쁘다는 걸 알게 되었기 때문에.

●●●((

사라졌어. 치즈는 바리케이드가 있던 그 자리에 선 채 창을 바라보았다. 바리케이드가 있던 자리에 땅덩굴이 생기를 잃고 시들어 있었다. 창은 맨손으로 땅덩굴 주변의 흙을 팠다. 뿌리가 다치지 않게 조심스레 그것을 들어냈다. 데려가자. 창이 치즈에게 말했지만, 치즈는 바리케이드 너머의 어딘가를 가늠하듯 응시하고 있었다. 자기장 장벽으로 구분되었던 이곳과 저곳은 놀라울 만치 다른 점이 없었다. 다만 시든 땅덩굴의 색깔이 자기장으로 막혀 있던 부분만 어둡게 변색되어 있었다.

창은 조심스레 한 걸음 발을 내디뎌 보았다. 역시 아

무 일도 일어나지 않았다. 창과 치즈는 트라움이 있는 저쪽 멀리까지 걸어가 보기로 했다. 모래 폭풍이 휩쓸고 간 사막의 풍경은 몹시 평화로웠다. 바람도 불지 않아 시간이 멈춘 듯했다.

"폭풍이 지나간 사막은 더 기름진 땅이 돼요. 강력한 풍속으로 인해 미생물이 마구잡이로 이동하거든요."

그들은 얼마간 걷다가 처참하게 쓰러진 나무를 보았고 어디서 날아왔는지 모를 볼트를 발견하기도 했다. 걸어갈수록 집이었을 것으로 추정되는 건물들이 군데군데 보이기 시작했다. 한때 이곳은 거주지였겠구나. 창은 그렇게 생각하면서, 거주지라는 단어가 어색하게 느껴졌다.

"나 궁금한 게 있어, 치즈."

그러자 치즈가 창을 바라보았다.

"왜 정에게 거짓말을 한 거야? 너도 태비를 구하려고 애썼잖아."

치즈는 꼭 살아 있는 동물처럼 꼬리를 살랑거리더니 대답했다.

"정이 알고 있는 것과는 별개로, 나는 그때 처음으로 상상 이상의 공포를 느꼈어. 그래서 일부러 태비를 두고 왔을 수도 있는 거고. 뒤도 돌아보지 않고 도망쳤거든.

어쨌든, 내가 그 일을 수도 없이 복기하며 느낀 감정은 부끄러움이야."

"그래도 넌 최선을 다했잖아."

"그게 아닐지도 모른다는 거야. 그래서 부끄럽다는 거고."

침묵이 흘렀다. 창도 그 복잡한 마음을 누구보다 잘 알고 있기에 아무 말도 할 수 없었다. 치즈가 중얼거리듯 말했다.

"마음의 다성적인 모양은 늘 존재를 괴롭히기 마련이야."

그러다 그들은 한눈에 봐도 오래되어 보이는 예배당이 무너지지 않은 채 견고하게 버티고 있는 모습을 보게 되었다. 치즈. 저기 봐. 무너지지 않은 건물이 있어. 치즈가 한참 동안 반대편을 응시하더니 창을 따라 예배당이 있는 방향으로 고개를 돌렸다. 창은 치즈가 응시하던 곳으로 잠시 고개를 돌렸다.

"저기 예배당 지붕에 걸린 거 보여?"

분홍색 티셔츠 한 장이 지붕 끝에 걸려 있었다. 작은 바람에 앙증맞은 셔츠가 조금씩 휘날리고 있었다. 터무니없이 작은 사이즈였다. 아이가 있었나 봐. 정말. 그리고 분홍색이야. 아이라니. 믿기지 않았다. 창과 치즈는

고양이와 사막의 자매들

어쩐지 침울해졌다. 그리고 이내 그 티셔츠를 갖고 가기로 결정했다. 뛰어서 가져와. 창이 말하자 치즈가 고개를 저었다. 그렇게까지는 못 뛰어. 고양이인데도? 창이 황당하다는 표정으로 묻자 치즈도 황당하다는 듯 대답했다. 치즈는 고양이 로봇이야. 창은 할 수 없이 엎드린 채 치즈를 등에 태웠다. 치즈는 창의 어깨를 밟고 지붕 위로 올라가려 안간힘을 썼다. 하지만 치즈의 다리가 워낙 짧아서 지붕까지 닿지 못했다. 점프해. 점프. 그러자 치즈가 투덜거리더니 뒷다리에 힘을 실어 점프했다. 창은 어깨가 아파 인상을 찌푸렸다. 그러다 문득 창은 치즈가 응시하던 곳에 있던 묵직한 바위를 떠올렸다. 그 바위틈에서 무언가를 본 것도 같았다. 그러니까, 치즈는 바위틈에 깔린 작은 기계 더미 같은 걸 보고 있던 것 같다. 노란색 페인트가 묻은 기계 더미였다.

"이것 봐. 기억나?"

치즈가 지붕 위에서 티셔츠를 코로 건드리며 물었다. 티셔츠에는 빨간 눈이 달린 뾰족한 얼굴의 흰쥐가 그려져 있었다. 당연하지. 창이 조금 웃었다. 엄청 유명한 만화 캐릭터잖아. 실험실에서 도망친 흰쥐가 주인공이었던 그 만화는 전 세계 모든 어린이가 보고 자랐을 정도로 인기가 좋았다. 밤마다 쓰레기통을 뒤지며 재미난 물건을 모으던 흰쥐는 제일 더럽고 쓸데없어 보이는 커다란 물건을 찾아 품에 안고 냄새에 흠뻑 취해 좋아했다.

"음, 이 냄새야."

"맞아. 그랬지. 음, 하고."

창과 치즈는 몇 번이나 그렇게 흰쥐의 유행어를 읊조리며 킬킬거렸다. 티셔츠를 물고 지붕 위에서 내려온 치즈는 창의 발밑에 티셔츠를 내려놓고 말했다. 트라움에는 가지 않는 게 좋겠어. 창이 고개를 끄덕였다. 티셔츠라니. 그들은 돌아오는 내내 우연히 발견한 티셔츠와 흰쥐에 관한 이야기를 나누었다. 여전히 바람은 불지 않았고 시간은 멈춘 듯했다. 바리케이드가 있던 자리에 다다른 창과 치즈는 잠시 그 자리에 두었던 뿌리 뽑힌 땅덩굴도 품에 안았다. 곳곳에 어디서부터 실려 왔는지 모를 잔해들이 나뒹굴었다.

"어딘가 아이가 있을 거야."

"나도 그렇게 생각해."

"살아 있을까?"

"응."

"어떻게 확신해?"

"치즈의 정확도 높은 데이터를 바탕으로."

"그럼…"

"아이를 찾아보자."

"좋은 생각이야."

나 있잖아, 지금 좀 기뻐. 창이 작게 속삭이자 치즈도 속삭였다. 마찬가지야. 그래도 될까? 그래도 돼. 창은 치즈의 대답에 안심하며 저 멀리 지평선을 바라보았다. 그러다 문득, 무너진 건물의 잔해 사이에서 비둘기 몇 마리를 발견했다. 저기 봐. 두더지가 말한 비둘기인가 봐. 그 말 많은 비둘기? 창과 치즈는 비둘기들이 모여 있는 곳으로 가까이 다가갔다. 그리고 그곳에 쓰러져 있는 세 인간의 실루엣을 보았다.

연약함에 대하여

해설 | 인아영 (문학평론가)

1.

고요한 사막. 얕게 부는 바람. 흩어지는 모래. 밤하늘에 촘촘하게 박힌 별. 예소연의 첫 장편소설 『고양이와 사막의 자매들』을 영상으로 만든다면 무척 아름다운 시각적인 풍경이 펼쳐질 것이다. 물 한 방울 없는 사막의 광활한 풍광에서 펼쳐지는 프랭크 허버트의 『듄』이 떠오를지도 모른다. 그런데 『듄』이 대가문 사이의 권력 투쟁과 종족 간의 싸움을 다룬 전쟁 SF면, 『고양이와 사막의 자매들』은 바로 그러한 숨 막히는 전쟁이 끝난 이후에서 시작되는 아포칼립스 SF다. 두 강대국 사이에서 40년 동안의 기나긴 전쟁이 끝난 지 3년째 되는 시점, 한때는 가장 치열한 유격전이 펼쳐졌으나 지금은 어떤 생물도 보이지 않는 이 적막한 사막에서 무슨 일이 벌어지려고 하는 것일까?

세 명의 할머니 용병인 아샤, 창, 말리가 그 출발점에 있다. 세 사람은 성장 배경도 성격도 외양도 제각각이다. 호숫가 마을 유목 민족의 딸로 태어나 고향 친구인 미쉬 대신 군대에 차출된 민머리 아샤. 어린 시절부터 부모님, 고양이와 해안가에 살았지만 해일로 마을이 휩쓸린 이후 군인이 되었으며 지금은 오랜 행군으로 아픈 발목과 약한 이를 가지고 있는 창. 사막 한가운데에서 태어나 삼촌과 패키지 여행사를 운영했지만 기후 재난으로 일을 그만둔 말총머리 말리. 그러나 각기 다른 곳에서 고유한 궤적으로 살아온 세 할머니에게 공통점이 있다. 그것은 바로 유년 시절 이후 대부분의 일생을 전쟁을 치르며 보냈다는 것. 그것도 '워커'라는 이름의 보병과 소총수로서 몸값이 가장 저렴한 최전방의 총알받이이자 식량 배급 파트를 맡는 역할로 말이다. 수많은 죽음과 시체 들을 뒤로한 채, 아샤, 창, 말리는 황폐화된 사막에 외로이 남겨져 서로에게 의지한 채 떠돌고 있다.

그러나 재난 이후에도 삶은 끝나지 않는다. 어느 날 거짓말처럼 이 늙고 지친 할머니 용병들 앞에 얼룩 섞인 노란 고양이 '치즈'가 나타나기 때문이다. 대규모 살상 바이러스로 인간을 제외한 모든 동물이 멸종된 세계에 고양이라니? 치즈는 알루미늄 합금으로 조립된 고양이 로봇으로 반려동물 기능까지 탑재된 심상치 않은 존재다. 밑바닥 인생을 살아온 할머니 용병들과 영민하고 도도한 사이보그 고양이의 만남은 그 자체로도 매력적인 이야기 설정이다. 그러나 이 소설이 우리에게 감동을 주는 까닭은, 이 매력적인 만남의 기저에는 종말의 끝자락에 태어난 가장 보잘것없고 연약한 이들의 맹렬한 분투가 있기 때문이다. 그것은 한편으로는 잔혹한 세계에서 스스로를 지키기 위한 생존 경쟁이지만, 다른 한편으로는 비정한 세계에서 누군가를 믿어보기 위한 발버둥이기도 하다. 의심 없이는 살아남을 수 없는 모진 세계에서 자신의 상처를 이해하고 타자를 신뢰하는 일은 어떻게 가능할 것인가?

전쟁과 기후위기라는 재난을 거치면서, 인간과 비인간의 경계를 넘나들면서, 그리고 타자에 대한 믿음을 시험하면서, 예소연의 소설은 사이보그 고양이와 함께 아름답고 고독한 여정을 떠나본다. 인간들이 벌여놓은 온갖 끔찍한 일들에 지쳤다고? "그럼 인간적이지 않은 곳을 찾아가자."(23쪽)

고양이와 사막의 자매들

2.

그런데 '인간적'이라는 말은 이 소설에서 그리 유효하지 않다. 인간과 비인간을 가르는 경계가 끊임없이 뒤집히고 허물어지고 재설정되기 때문이다. 우선 치즈의 정체성부터 그렇다. 치즈는 민간군사기업 '아이다'의 기술 병과에서 워커들을 관리하는 임무를 맡았던 동양인 남자 '정'의 사이보그 고양이다. 고향에서 오랫동안 생강 농사를 지었던 정의 아버지는 기상 예측에 따라 수확량을 설계하기 위해 농업용 AI이자 반려동물 기능까지 탑재된 로봇을 구매했는데, 그가 바로 치즈였던 것이다. 그런데 이 사이보그 고양이의 본체에 내재된 소프트웨어는 데이터를 입력하고 오류를 수정하는 방식으로 계속 업데이트될 뿐만 아니라, 일종의 클라우드 역할을 하는 알고리즘을 통해서 다른 모든 로봇 고양이와 모든 기억을 공유한다. 치즈는 로봇 고양이의 개체 수만큼 무한히 증식되는 무정형의 개념 기계인 것이다. 그러므로 치즈는 이러한 알고리즘을 신체에 삽입한 그 어떤 인간과도 데이터가 뒤섞일 수 있는, 그러니까 인간도 비인간도 아닌, 혹은 인간이자 비인간인 존재다. 이런 치즈가 할머니 용병들을 찾아온 이유는 무엇일까? 치즈는 커뮤니티를 만들려고 한다며 이렇게 말한다. "너희가 인간 중에서는

썩 괜찮은 편이라더라고."(49쪽)

아샤, 창, 말리는 치즈를 따라 그들 무리가 사는 거대
하고 음습한 동굴에 입장한다. 그곳에는 놀랍게도 그곳
에는 이끼, 개울, 햇볕을 쬐는 곳, 밭, 논, 움집, 습지가 숨
어 있었고, 한평생 착취당하며 살아온 터라 경계심이 많
은 이들은 조심스러워하면서도 치즈 무리에게 조금씩
마음을 연다. 자신들을 분쟁 지역으로 손수 데려와서 관
리하고 보호해 왔던 정을 이곳에서 찾을지도 모른다는
기대가 있었기 때문이다. 정은 수십 차례의 게릴라 전쟁
을 거쳐도 꼭 살아남으라고, 살아남기 위해서는 경계심
을 잃어서는 안 된다고, 과거는 너희를 지켜주지 않을 것
이라고 이들을 가르쳐 왔다. "보호받고 있다는 느낌이
들면 도망쳐야 한다."(9, 38쪽) 이들이 절대로 잊지 않고
어떤 상황에서도 주문처럼 외우고 있는 이 말을 해준 사
람이 바로 정이다. 아샤, 창, 말리는 이 말을 묵묵히 기억
한다. 그리고 황폐화되고 메마른 사막에서 살아남기 위
해서 무엇보다 서로에게 의지해야 한다는 사실을 떠올
린다. 따지고 보면 언제든 서로 흩어져도 이상하지 않은
세 사람을 시련을 함께 헤쳐나갈 동료로 결속해 주는 유
일한 토대가 바로 정이기 때문에, 아샤, 창, 말리는 어쩌
면 정을 만날지도 모른다는 기대를 품고 사이보그 고양

고양이와 사막의 자매들

이 치즈를 따라 낯선 동굴과 땅굴 속으로 용기를 내어 조금씩 들어가 보는 것이다.

흔히 각종 매체에서 노년 여성은 가부장적 가족 제도의 구성원으로서 손자들을 돌보고 길러내는 자애로운 인물로 재현되는 경우가 많지만, 이 소설의 할머니 용병들에게는 보살펴야 하는 가족도 양육해야 하는 자식도 없다. 이 용감한 비혼 여성 노인들에게는 오직 사막에서 함께 생존을 버텨줄 동료, 그러니까 우정만이 삶을 지탱해주는 필수적인 요소다. 그러니 이 소설은 드물게 철저히 원자화된 노년 여성 개인이 각자 과거에 받아온 상처를 이해하고 가까운 동료를 신뢰하는 방법을 배워가는 과정이기도 하다. 세계가 부서지고 있는 종말의 시대에 태어난 이들은 말한다. "산다는 게 사실은 끔찍한 대가를 치르고 있는 것처럼 느껴져. 심지어 이런 대가를 치를 만한 일을 하지 않았는데도."(68쪽) 잘못 없이 끔찍한 대가를 치르고 있는 이 유약한 존재들에게는 의심이야말로 가장 중요한 생존 기술이지만 이들은 세상 일이 그렇게 단순하지 않다는 잔혹한 아이러니를 매 순간 체득한다. 살아남기 위해서는 누구도 믿어서는 안 되지만, 아무도 믿지 않으면 살아남을 수 없다는 것.

이렇게 경계심이 많은 할머니 용병들이 다른 동물이

해설 | 연약함에 대하여

아닌 고양이와 함께하게 된다는 사실은 의미심장하다. 창이 정의 베이스캠프에서 처음 치즈를 봤을 때 좋은 친구가 될지도 모른다는 생각에 다가가자 치즈는 무심코 쓰다듬으려던 창의 손을 쳐낸 적이 있다. 그때 창은 생각한다. "경계심과 신중함은 고양잇과 동물이 가진 영험한 능력이었다. 그 빗장을 잘 풀기만 하면, 서로의 부드럽고 무력한 부분을 공유하는 경이로운 관계를 맺게 된다."(43쪽) 누군가를 함부로 믿지 않는다는 것, 하지만 한번 믿게되면 그만큼 소중하게 여긴다는 것. 그것이 고양이들의 특징이기 때문이다. 치즈는 귀엽지만 도도하게 이렇게 말한다. "고양이는 함부로 장난치지 않아."(51쪽) 그러고 보니 창이 어린 시절에 습지 공원에 데려온 길고양이 러비도 처음으로 창과 이야기를 나누면서 비슷한 말을 한 적이 있다. "고양이는 함부로 대화하지 않아. 제법 괜찮은 어린이를 찾을 때까지."(59쪽) 그러니까 연약하기 때문에 신중할 수밖에 없는 이 작은 존재들이 "서로의 부드럽고 무력한 부분"을 알아보고 조금씩 가까워지는 것은 경이롭지만 필연적인 것일지도 모른다.

치즈가 이토록 경계심이 많아진 까닭은 고양이라는 종족적 특성 때문만은 아니다. 오랫동안 생강 농사를 지었던 정의 아버지가 처음 치즈를 농업용 AI로 데려왔던

고양이와 사막의 자매들

이유는 기상 예측을 통해서 수확량을 정확하게 설계하기 위해서였다. 그러나 기후 변화가 극심해지고 각종 바이러스가 휩쓸면서 치즈의 기상 예측 능력은 무의미해졌고 대부분의 파머스캣과 마찬가지로 가동이 중지되어 창고 신세가 되고 말았다. 재난 상황이 닥치면서 쓸모를 잃은 이 연약한 존재는 무엇을 해야 할까? 다행히도 당시는 아직 동물이 멸종되기 이전이라 치즈는 어느 날 살아 있는 고양이 '태비'를 만날 수 있었다. 치즈는 '태비'가 움직이는 행동반경과 날씨에 반응하는 패턴을 이해하고 이를 바탕으로 점차 자신의 알고리즘을 수정해 나가면서 기후를 더 정확하게 예측할 수 있게 된다. 그러다가 우연한 기회로 이상하게도 점점 지구의 기온이 올라가고 흙이 마르는 이유를 이해하게 된다. 어느 날 태비가 데려간 오래된 제련소의 담벼락 너머에 있었던 흉물, 즉 수많은 고철 덩어리로 이루어진 거대한 쓰레기 산을 발견한 것이다. 살갗 여기저기에 상처를 내면서 어렵게 올라간 쓰레기 산의 정상에서 치즈가 목격한 것은, 겉으로는 평화로워 보이지만 실은 유해 물질 농도가 극심하게 높은 마을의 모습이었다. 치즈는 정에게 이 사실을 알리지만, 이 세계가 기후 재난이라는 종말이 가까워지고 있다는 진실을 누구보다 미세하게 감각하고 정확하게 이해하는 존재는 치즈밖에 없다. 그러니 실은 천덕꾸러기 취급을 받던 치즈야말로 누구보다 자신을 믿어줄 이가 필요했을 것이다.

그러니까 이 소설은 인간과 비인간이라는 경계뿐만이 아니라 서로에 대한 의심과 믿음이라는 경계를 끊임없이 부수고 재접합하면서 만들어 내는 드라마라고도 할 수 있다. 아샤, 말리, 창, 그리고 치즈의 관계는 아주 다정하거나 따뜻하지만은 않다. 아무리 가까워져도 서로에 대한 의심을 내려놓지 못하기도 한다. 그러나 이들은 스스로가 세계라는 체스판에서 가장 약한 말이라는 사실을 알고 있다. 그리고 그 사실을 가까스로 받아들이면서 판을 가로질러 걸어갈 것이라고 다짐해 본다. 자신의 연약함을 인정하는 자만이 세계의 연약함도 이해할 수 있으며 앞으로 나아갈 믿음을 가질 수 있기 때문이다.

"우리 처음 사막에 왔을 때 기억나? 정이 체스에 우리를 빗댔을 때 말이야."

"가장 약한 말일 거라고 했지."

"맞아. 그간 나는 어떻게든 살아남으려 애쓰면서 내가 가장 약한 말이라는 걸 부정하며 살아왔던 것 같아. 하지만 나는 지금 내가 약한 말이라는 걸 부정하지 않게 되었어.

고양이와 사막의 자매들

그리고 내가 그때 정에게 했던 말 기억나지?"

창이 망설이며 대답했다.

"판을 가로질러 걸어갈 거라고." (162쪽)

3.

그런데 예상외로 이들은 정을 쉽게 만난다. 이들이 함께 동굴에서 지내고 있던 어느 날 백발에 희끗한 수염을 한 어느 동양인 남자가 서니시클을 타고 직접 아샤, 창, 말리에게 찾아온 것이다. 여느 소설이라면 정을 만나기까지의 기나긴 여정을 소설의 줄거리로 설정했을지도 모르지만 이 소설은 여러 차례 기대와 예상을 뒤엎으면서 새로운 믿음과 배신의 드라마를 펼쳐낸다.

정의 등장으로 알고 보니 정과 치즈 사이에는 반목의 골이 깊었다는 사실이 드러난다. 정은 아샤, 창, 말리에게 자신이 오래 길러온 치즈를 믿지 말라고 당부한다. 젊은 시절 아버지와 함께 생강 농장에서 생산량을 늘리고자 했지만 치즈는 정과 함께 떠돌기를 바랐으며 야생 파머스캣을 모아서 자신들끼리 기억을 공유하는 커뮤니티를 만들어 나갔다는 것이다. 무엇보다 자신의 아버지와 태비가 죽는 것을 그대로 내버려 두었다는 이유로 정은 치즈에게 극심한 배신감을 느낀다. 반면 치즈는 정이 조직적인 인간 세력을 구축해 자신들이 마련한 은신처인 동굴을 빼앗으려고 한다고 여긴다. 이들은 서로에게서 버림받았다고 생각하면서 아샤, 창, 말리를 자신의 편으로 만들기 위해서 애쓰고, 아샤, 창, 말리는 어느 쪽이든 자신들을 단지 이용하는 것은 아닐지 고민에 빠진다. 이 과정에서 자신이 언제나 소외되어 왔다고 생각하는 정은 누군가가 자신을 찾아주었다는 사실에 순수한 기쁨을 느끼며 연약함을 드러내기도 한다. 그러나 아픈 발목을 치즈의 신체 부품으로 개조하는 수술을 받은 창은 몸에 이식된 데이터의 영향으로 정을 신뢰하지 못한다.

그런데 여기에 '트라움'이라는 축이 더해지면서 사건은 복잡해진다. 트라움은 전쟁이 끝난 이후 미사일 요격 체계를 갖춘 도시들이 살아남아 세운 화려하고 부유한 방어기지다. 그 안에는 사막 용병의 10분의 1도 안 되는 인구만이 살고 있지만 바리케이드로 외부와 철저하게 차단하고 있으며 동물이 멸종된 이후에도 비둘기와 두더지의 신체에 칩을 이식하여 외부를 감시하는 도구로 착취하고 있다. 치즈는 정이 트라움에 살고 있는 인간들에게 세뇌되어 자신을 배신했다고 여기고, 정은 이

고양이와 사막의 자매들

를 부정한다. 그러나 정은 트라움에 있는 안온하고 풍요로운 세계에 안주하고 싶은 욕망을 참지 않고 말리만을 데리고 그곳을 향해 떠난다. 인공 태양을 설치해 완벽하게 자연광이 구현되어 있으며 대리석 바닥과 고급스러운 원형 테이블 위에서 배양육과 채소가 가득한 풍성한 식사를 할 수 있는 트라움 내부는 철저한 계급사회를 상징한다. 동시에 기후 재난과 종말의 위험을 자각하지 못하고 눈앞에 보이는 쾌락과 만족에 빠져 있는 지구인들에 대한 은유이기도 하다.

저 멀리서 모든 것을 삼켜버릴 거대한 모래 폭풍이 다가오는 것을 감지한 치즈는 트라움의 바리케이드를 없애야만 폭풍이 자기장과 부딪치지 않아 그나마 종말을 피할 수 있을 것이라는 사실을 알게 된다. 치즈, 아샤, 창은 자신들을 배신하고 떠난 정과 말리가 있는 트라움으로 떠나 오팔 귀걸이를 하고 고급스러운 옷을 입은 아름다운 청년들 사이에서 고기를 먹고 있는 정과 말리를 발견하여 바리케이드를 부수자고 설득한다 그러나 이미 안온한 일상에 익숙해진 정은 이들의 말을 믿지 못하고 화내면서 끝까지 재난이 코앞에 닥친 현실을 부정한다. 그러나 아샤가 홀로그램 연막탄으로 가까스로 바리케이드를 해제하자 트라움의 중앙통제실뿐만 아니라 건물은

해설 | 연약함에 대하여

무너져 내린다. 그러나 때마침 거대한 회오리를 몰고 온 모래 폭풍이 덮쳐 오면서 트라움은 손쓸 틈 없이 붕괴되고 아샤는 파편 때문에 머리에 피가 흐르는 상황에서도 정을 구하러 탈출구의 반대 방향으로 기어간다.

모든 것은 끝난 것일까? 이 소설의 결말이 보여주고 있는 것은 인간의 탐욕으로 인해 전쟁과 기후 재난이 덮쳐 와 세계가 종말했다는 비극만은 아니다. 오히려 소설은 그 종말을 신중하게 미루면서 이 모든 비극 속에서도 유일하게 살아남은 연약한 존재인 창과 치즈에게 끝까지 목소리를 부여한다. 모래 폭풍이 사막 전체를 휩쓸어 간 이후 아샤, 창, 말리는 더 이상 세상에 남아 있지 않고, 생존한 이들은 저마다 보이지 않는 은신처 속에서 숨죽이고 살아가고 있지만, 이를 완전한 절멸이라고 할 수는 없다. 발목에 이식한 치즈의 데이터를 통해서 수많은 다른 존재들의 감각을 공유할 수 있게 된 창은, 바람의 부드러운 감촉이나 흰개미의 사소한 냄새를 비롯하여 인간이 감지하지 못하는 방식으로 세계를 더욱 정교하게 이해할 수 있게 된다. 창에게 느껴지는 것은 이제 위험에 대한 인지나 타자에 대한 경계심만이 아니다. 모든 것이 휩쓸고 지나간 고요하고 아름다운 사막에서 창은 죽은 이들을 향한 수백만 개의 간절한 기도, 애타는 그리움, 그리고 연약한 마음과 작은 용기를 상상할 수 있게 된다. 이 소설에서 경이로운 것은 그런 것이다.

창이 치즈에게 물었다. 도대체 인간들은 숨은 채로 어떤 기도를 한 걸까. 모래 폭풍이 분명히 몰려오고 있는 그 순간에 말이야. 결국 그 끔직하고 무시무시한 바람은 작고 보잘것없는 모든 것을 집어삼켰는데. [⋯]
"죽음을 앞둔 이들의 간절한 기도는 분석과 예측 따위로도 그 힘을 파악하지 못해. 수백만 개의 기도가 모인 데이터를 상상해 봐."
얼마나 아름다울지. 창은 앞질러 가는 치즈의 뒤꽁무니를 바라보며 무수한 데이터가 켜켜이 쌓여 만들어진 거대한 비석을 상상했다. 유언과도 같은 기도문이 위령탑처럼 세워져 있는 가상의 비석은 모든 존재의 삶과 죽음을 받아들이고 때로는 유보하는, 압도적인 상징물처럼 느껴졌다.
[⋯]
"정말이지⋯ 경이로워."(200~201쪽)

이 소설은 2017년 마로니에공원에서 열린 22회 서울인권영화제에서 상영한 〈가장 값싼 군인을 삽니다〉를 보고 시작되었습니다. 시에라리온의 용병 임금은 한 달 250달러에 불과하다더군요. 심지어 수많은 아이가 강제로 징집되어 전쟁터로 끌려갔습니다. 끔찍한 폭력에 노출되고 누구를 위한 건지도 모른 채 폭력을 행사하는 아이들이 세계 저편에서는 분명히 존재하고 있었습니다. 저는 영화를 보고 이 비밀스럽고 이상한 세계에 아주 쉬운 방식으로 가담한 사람이라는 것을 실감하고야 말았습니다.

영화를 보고 나오니 공원에서는 시위가 한창이었습니다. 저는 문득 부끄러운 생각이 들었습니다. 치열한 투쟁의 현장에서 언제나 바라보는 사람이라는 생각이 들어서요. 저는 왜 바라만 볼까요? 투쟁하는 이들을 옹호하고 지지한다는 알량한 마음은 오롯이 나 자신을 위한 구실일 뿐이었습니다. 지독한 자기변명이었습니다. 그래서 제가 할 수 있는 걸 하고 싶다는 생각이 들었습니다. 그렇게 온전히 마음을 줄 수 있는 인물을 만들었고 언제고 미안한 마음으로 아샤와 창, 말리, 치즈를 대했습니다.

저는 고작 제가 만들어 낸 이 안온한 공간에서 '마음을 줄 수 있는' 인물을 만들어 낸 것밖에 한 일이 없습니다. 하지만 세계 곳곳에는 온당하지 못한 일에 열정적으로 마음을 내어주는 사람들이 있습니다. 제 동거인 고운이 그렇습니다. 이토록 사랑이 많은 친구에게 너무도 많은 것을 배웠습니다.

그래도 돌이킬 수 없음을 돌이켜 보는 마음을 가지다 보면 어떻게든 다음이 있다는 걸 알게 됩니다. 그것이 조금은 슬프게 느껴지기도 합니다. 제가 꼭 해진 신발 같아서요. 세계의 모양에 맞게 비틀리고 닳는 신발. 하지만 우리는 무수한 신발들이라는 점에서, 언제 어느 때나 조금씩 닳아져 가는 물질이라는 점에서 경이롭게 느껴지기도 합니다. 어떻게든 삶의 궤적을 따라 변해가는 존재라는 거니까요. 비록 우리는 몹시 투박한 세계를 살고 있지만 저는 온기 있는 존재들의 품에 맞는 신발이 되고 싶습니다. 이 소설을 통해 한없이 꺾이고 닳고 닳은 마음조차도 세계를 구성하는 마음의 일부라는 걸 보여줄 수 있어 다행이라는 생각이 들었습니다. 그리고 이러한 제가 있을 수 있게 된 데는 가족의 영향이 큽니다. 저는 가족과 함께할 때 늘 행복합니다. 누구보다

작가노트

세상을 정의롭게 인식하는 엄마, 농부가 사회를 구한다고 믿어 의심치 않는 아빠, 항상 저의 첫 번째 독자가 되어준 동생 윤희 그리고 윤서에게 사랑을 전합니다.

마지막으로 『고양이와 사막의 자매들』이 나오기까지 힘써주신 허블 편집팀에게 정말 감사합니다. 정성 어린 피드백을 주신 김학제 팀장님을 통해 이 소설이 한층 더 구체화되었다고 말씀 드리고 싶습니다. 크로스교를 봐주신 안상준 부장님께도 감사 드립니다. 또 언제나 용기를 북돋아 주고 제 소설을 위해 모든 공력을 쏟아주신 권지연 편집자님은 제게 정말 좋은 편집자입 니다. 정성스레 원고를 읽고 한땀한땀 문장을 적어주신 최진영 작가님과 인아영 평론가님께도 감사하다는 말씀드립니다. 책 이 나오기까지 얼마나 많은 존재가 힘을 쏟아야 하는지 절감했 습니다. 애써주신 모든 분의 시간과 마음을 절대로 잊지 않겠 습니다.

예소연